쓰는 행위

오에 컬렉션 III

쓰는 행위 문학 노트
文学ノート

오에 겐자부로 지음

정상민 옮김

21세기문화원

일러두기

1. 이 책은 이와나미서점岩波書店에서 2023년 발행한 오에 겐자부로大江健三郎의 『쓰는 행위書く行為』 제2부 「文学ノート」를 번역한 것이다.
2. 표기법은 국립국어원의 표준 표기법에 따랐다. 다만 책과 영화의 제목은 예전에 최초로 나온 표기를 따른 경우도 있다.
3. 책 제목과 각 장 제목은 원서 그대로 하되, 독자들의 이해를 돕기 위해 소제목을 새로 달고, 옮긴이의 주는 본문의 괄호 안에 바로 써넣었다.
4. 강조점이나 따옴표 등은 가로쓰기의 부호를 중시하되, 단행본과 잡지는 『』, 권과 기사는 「」, 영화와 공연은 〈〉로 표시하였다.
5. 오에 컬렉션 간행 위원회는 여러 번 원고를 윤독하며 우리말을 살리고 전문 용어를 통일함으로써 최대한 번역의 완성도를 높였다.

오에 컬렉션을 발간하며

오에 컬렉션은 읽기와 쓰기를 향상하기 위해 기획되었다. 요즘 스마트폰 세대는 움직이는 영상은 익숙하지만, 고정된 활자는 그렇지 못하다. 만약 우리가 빨리 '보는 감각'만 앞세우면, 찬찬히 '읽고 쓰는 사고력'은 뒤처지기 마련이다.

시중에는 읽기와 쓰기 관련서가 많다. 하지만 주로 초급용이다. 보다 근본적으로 문제를 성찰하고 해결하려면 좀 더 수준 높은 '현대적인 고전'이 필요하다.

이른바 작가라면 소설 읽기와 쓰기에 대해 고민하지 않을 수 있겠는가. 오에 겐자부로大江健三郎는 일평생 치열하게 소설이라는 형식을 연구하고 그 방법을 다음 세대의 읽고 쓰는 이들에게 전하고자 노력했다. 이런 작가는 매우 드물다!

오에는 도쿄대 스승인 불문학자 와타나베 가즈오渡辺一夫의 가르침을 본받았다. 전 생애에 걸쳐 3년 단위로 뛰어난 문학자나 사상가를 한 명씩 정하여 집중적이고 체계적으로 읽어나간 것이다. '오에 군은 숲속에서 샘물이 솟아나듯 소설을 쓴다'는 스승의 칭찬이 괜히 있는 게 아니었다.

하지만 국내에서 오에는 일본의 군국주의화를 반대하는 다양한 활동 때문에 '행동하는 지식인'의 이미지가 강렬하여, '소설가의 소설가'로 불리는 그의 소설에 대한 열정과 지식이 똑바로 부각되지 못하고 있는 형편이다.

이에 평소 오에를 연구해 오던 간행 위원회는 소설 읽기와 쓰기의 궁극적 단계에 이른 그를 한국의 독자들에게 충실히 알리고자 이 자리에 모이게 되었다. 노벨문학상 수상 작가인 그는 과연 어떻게 책을 읽고 글을 썼는가. 그것을 제대로 살피는 것이야말로 21세기에 걸맞은 오에 컬렉션을 기획한 목적에 부합하리라 믿는다.

오에 컬렉션은 평론 4권, 소설 1권의 전 5권으로 구성했다. 독자 여러분들은 제1권에서 제4권까지 읽기와 쓰기 이론의 정수를 경험하고, 그 이론이 실제 소설에서는 어떤 양상으로 표출되는지를 제5권을 통해 확인할 수 있을 것이다.

첫째, 『새로운 문학을 위하여』이다. 이 논집에서 오에 겐자부로는 단테·톨스토이·도스토옙스키 등의 작품들을 러시아 포멀리즘의 '낯설게 하기'라는 방식으로 새롭게 바라보는 것에서 출발한다. 그는 '문학이란 무엇인가, 문학은 어떻게 만드는가, 문학을 어떻게 수용할 것인가' 등과 같은 질문을 파고든다. 문학을 적극적으로 읽고 쓰기를 원하는 이들에게 그의 경험과 방식은 도움이 되리라 생각한다. 어쨌든 이 책은 이와나미신서 시리즈의 첫 번째 작품으로 배치될 만큼 대표적인 문학 입문서이다.

둘째, 『읽는 행위』이다. 이 논집에서 오에는 '독서에 의한 경험은 진정한 경험이 될 수 있는가, 독서에 의해 훈련된 상상력은 현실 속의 상상력일 수 있는가' 하고 묻는다. 그리고 곧바로 독서로 단련된 상상력은 확실한 실체로 존재한다고 답을 내린다. 이는 초기의 다양한 경험 부재에 대한 고뇌와 소설 쓰기 방법론의 암중모색을 거치고 터득한 십여 년에 걸친 장고의 산물이라 할 수 있다. 즉 작가 스스로에 대한 근본적 물음이자 확답, 그리고 독자들에 대한 선험자로서의 제언인 것이다. 이러한 작가 인식은 소설가라는 개인의 글쓰기와 읽기의 고민에서 출발하여 그것이 마을·국가 그리고 소우주라는 공동체의 역사와 신화를 이야기하는 집단적 상상력의 확대로까지 이어질 수 있음을 여실히 보여 준다. 읽는 행위를 통해 활자 너머에서 오에가 느꼈을 상상력의 자유를 독자 여러분도 감지할 수 있으리라….

셋째, 『쓰는 행위』이다. 작가로서 '읽는 행위'에 대한 효용성과 고민을 어느 정도 해소한 후 중견작가로서 본격적으로 '쓰는 행위'를 논한 창작론이다. 오에는 소설을 쓸 때의 스스로의 내부 분석부터 시작하여 시점·문체·시간·고쳐쓰기 등의 문제에 관하여 자신이 실제 소설을 쓸 때의 경험을 바탕으로 얻어 낸 것들을 일종의 임상 보고 형식으로 풀어내고 있다. 이렇듯 일반적인 소설 작법서와는 차별화된 오에만의 독특한 창작론은 새롭게 소설을 쓰려는 사람들은 물론이거니와 소설을 다양한 방식으로 읽고자 하는 독자들에게도 유용한 힌트가 될 것이다.

넷째, 『소설의 전략』이다. 제2권 『읽는 행위』와 제3권 『쓰는 행위』의 '작가 실천편'에 해당하는 평론이다. 오에가 장애를 가진 아들의 출생 등 자신에 닥친 고난을 소설 쓰기로 극복하고자 한 것은 잘 알려진 사실이다. 하지만 일반인이 현실의 역경을 소설이라는 '제2의 현실', '문학적 현실'로 바꾸는 것은 그리 간단한 일이 아니다. 이 책에서 오에는 어떻게 작가로서 소설을 통해 활로를 찾아 나갔는지를 밝히고 있다. 즉 자신의 실제 독서 경험과 창작 방식의 비법을 풀어놓으며 독자들이 소설의 '전략'을 터득할 수 있게 도와주는 것이다. 특히 소설이라는 형식에 그 누구보다도 의식적이었던 작가는 50대를 맞이하며 방법론적 연구와 고뇌가 절정에 이르렀다.

바로 그 전성기 때 이 책을 썼다. 작가의 경험과 지식은 물론 열정이 넘친다. 독자들은 소설의 형식을 익히며 현실 문제에 대한 해결의 실마리까지 얻을 수 있을 것이다.

다섯째, 『그리운 시절로 띄우는 편지』이다. 이 소설은 내용적으로는 『만엔 원년의 풋볼』, 『동시대 게임』을 잇는 고향 마을의 역사와 신화를 둘러싼 '구원과 재생'의 이야기인데, 형식적으로는 사소설의 재해석이라 부를 수 있을 정도로 난해하다. 하지만 이 작품은 완숙한 중년 작가의 방법적 고뇌가 함축되어 있는 소설이라 할 수 있다. 소설가가 발 딛고 있는 동시대라고 하는 무대를 역사로 쓰는 것과 소설로 쓰는 것에 대한 고민이 절실히 느껴진다. 주인공 '나'가 '기이 형'에게 평생 부치겠다는 편지는, 소설가로서 쓰는 행위를 이어가겠다는 오에 자신의 결의의 표현이자 소설이란 형식이 아니면 자신의 이야기를 풀어낼 수 없다는 독자들을 향한 외침이다. 제1권~제4권으로 소설 쓰기와 읽기를 익힌 독자라면 반드시 일독을 권한다. 쓰기와 읽기의 이론이 어떻게 소설화되는지 그 구체적 과정을 직접 확인할 수 있다.

> 인생을 다시 고쳐 살 수는 없다. 그러나 소설가는 다시 고쳐 쓸 수가 있다. 그것이 다시 고쳐 사는 일은 아니라고 하더라도, 애매하게 살아온 삶에 형태를 부여하는 일이 될 것이다.

무언가를 읽고 그것을 토대로 무언가를 쓰는 행위는 위의 오에 말처럼 인생의 의미를 명확히 하는 일임과 동시에 참다운 나를 찾아가는 과정이기도 하다.

　국내의 오에 전문 연구가들이 한데 모여 오에의 진가를 알리고 읽기와 쓰기에 치열했던 작가의 고뇌와 결과물을 이제 '오에 컬렉션'이라는 형태로서 공유하고자 한다. 소설가이자 문학부 교수인 마치다 코우町田康가 간행 위원들의 마음을 대변하고 있어 소개로 갈음한다.

　　소설을 읽고자 하는 사람, 또 쓰고자 하는 사람은 프로든 아마추어든 이 책을 읽어라! 나는 무척이나 반성하면서 반쯤 울었다.

　아무쪼록 독자 여러분들이 오에 컬렉션을 통해 격조 높은 작품들을 감상하면서 읽기와 쓰기의 세계도 더 즐길 수 있는 계기가 되길 진심으로 바란다.

2024년 1월
오에 컬렉션 간행 위원회

차 례

1. 작가가 소설을 쓰려 한다

작가의 시간을 살다

지금부터 내가 하려는 이야기는 오직 한 사람의 작가로서 소설을 쓰기 위해 나 스스로를 작가라는 직업 특유의(다른 일과 비교해 특별히 뛰어나다는 의미가 아니라) 카오스를 향해 채찍질할 때 겪는 일에 관한 것이다.

나는 그럭저럭 십수 년간 이 작업을 해 왔다. 그리고 얼마간 경험을 쌓았다. 위를 향해 던진 공이 종종 자기 머리에 맞듯 그 경험의 실체에 대해 얼마 되지는 않지만 조금씩 알게 된 것이 있다. 사실상 그것은 '이런 걸 어떻게 남한테 묻겠나' 싶은 유의 소소한 것이었다. 비현실적이고 별거 아니면서 폐쇄적인 것들, 대체로 유효성 제로인 것들. 하지만 어찌 됐든 나는 작가로서 살아왔고, 십수 년 작가 생활을 이어 왔다는 것은 거의 구십 퍼센트는 작가로서 생을 마칠 것이라는 예감이 들게 한다. 설령 이후 한 페이지도 쓰지 못한다고 할지라도 작가로서 죽는 것이다. 되돌릴 수 없는 영역에 발을 내디딘 것이다. 외부에서 볼 때 작가를 선택하는 것 자체는 대수롭지 않은 일일지 모른다. 그렇지만 한 번뿐인 생을 영위하는 인간이라는 측면에서 본다면 어쨌든 '작가로서 죽을 수 있다'는 영역에 들어와 버린 것은 웃기게 들리겠지만 충분히 대수로운 문제다. 결국 나는 '한 명의 작가로서 이렇게 살아왔고, 이렇게 죽는다'고 하는 더 이상 되돌릴 수 없는 선택을 한 인간으로서, 작가라는 직업 특유의 경험을 통한 다양한 과거 인식과 새로운 발견을 꼼꼼히 검토하며 지낼 수 있는 꽤 긴 시간을 갖게 되었다. 그러한 시간을 통과하며 마주한 일들을 관찰하여 기록해 두고자 한다.

테 빈 원고지를 마주하고

작가가 한 편의 소설을 쓰려고 흰 종이를 마주하고 있는 모습을 떠올려 보자. 간혹 잡지에 실린 작가의 그런 사진이 몹시 공허하고도 우스꽝스럽게 보일 때가 있듯이 빈 원고지를 앞에 둔 작가는 단순히 겉모습뿐만 아니라 내면 역시 기묘하고 불확실한 것임을 알게 되었다. 사고사를 당한 사람의 망막에 각인된 마지막 세상 풍경을 재생할 수 있게 될지도 모른다는 내용의 기사가 어느 통속 과학 잡지에 실린 적이 있다. 소설을 집필하던 중 갑자기 숨을 거둔 작가의 뇌를 꺼내 뇌세포를 투시기에 돌려 보아도 그다지 신통한 무늬 같은 것은 보이지 않을 것이다.

소설을 쓰려고 할 때 작가는 으레 자신의 의식 속에 엉성한 선으로 그려진 조그마한 다이어그램 같은 것을 펼쳐 본다. 하지만 그 줄거리는 무릇 다 큰 어른 한 명이 온 존재를 걸고 열중하는 것 치고는 모호하기 짝이 없고, 매력이라는 관점에서도 상당히 빈약하다 할 수 있다. 또한 작가는 글로 확고해지기 전에 얼마간 이미지를 흐릿하고 어슴푸레하지만 자유로운 확장성이 있는 꿈의 기억처럼 준비한다. 그렇지만 그 이미지에 대해서 작가가 미리 말할 수 있는 것이라고는 어지간히 호기심이 유별난 사람이 아니라면 들어주지도 않을 법한 부정형不定形의 상태뿐이다. 내포된 이미지는 대부분 작가의 현실 생활 속의 관찰에서 생겨난 것이다. 그런데 그것은 물리적인 카메라의 눈이 순간 포착하는 이미 고정된 관찰을 의미하는 것은 아니다. 작가 내부로 이어져 항상 살아 움직이는 관찰이다. 그것은 어떤 형태로 외부에 방증이 되지는 않는다.

카메라 대신 살아 있는 털게를 잡아서 눈에 바짝 대고 사진을 찍고 있는 남자를 떠올려 보자. 게의 눈알을 통해 외부의 광경 하나가 들어오고 등딱지 아래 복잡한 내장에 투사된다고 치자. 게가 다리를 움직이거나 호흡할 때마다 내장에 비치는 것은 변화할 것이다. 작가의 관찰 역시 작가 내부에서 끊임없이 미세하게 움직이며 계속 변화한다. 비눗방울의 얇은 막 위에 기름 무늬가 끝없이 움직이는 것처럼 작가 내부에서 관찰은 늘 활동하고 있다. 이런 유의 관찰을 옹호하자면 애초에 정지된 관찰은 비인간적인 것이 아닐까 한다. 지각知覺이 그것을 정리할 수는 있다. 하지만 죽은 관찰이 이미지로서 살아 있는 가역성을 갖출 수는 없을 것이다.

작가가 산문 속에서 의도적으로 죽은 관찰의 일부분을 꺼내 보이는 방식이 과거에 있었다. 최근에도 앙티로망 작가들이 실로 이런 방식으로 그들의 정물nature morte을 제시해 보인 적이 있다. 내 느낌으로는 그 프랑스 현대 작가들은 실제로는 죽음에 대한 회구에 흔들리고 있었다고 본다. 그들은 죽은 체하며 그들의 죽은 내부에 비친 죽은 관찰을 가만히 진열하고 싶었던 것이다. 우리는 자신이 죽은 뒤에도 바다에는 밀물과 썰물이 있고 구름은 움직이며 햇볕은 따스하다는 사실을 죽기 전에 맛보고 싶다고 너무나도 자연스럽게 바라지 않는가? 비록 그것이 가짜 경험이란 것을 인지할지라도.

이 산문 운동가들은 이것을 실제로 시도했다. 아무도 찾아오지 않는 타인의 의식에서 동떨어진 방에 죽은 척 가만히 누워서 실눈을 뜨고(이것이 신경 쓰여서 '시체가 눈 뜨고 있는 경우는 실제로 종종 있으니까' 하며 스스로를 납득시켰을 지도 모른다) 천장 판자의 나뭇결과 얼룩을 응시하는 듯한 기분으로 이들은 nature morte를 제시한 것이다. 다만 그렇다고는 해도 이것이 진짜 죽음이 아니라 흉내에 불과한 이상 그들의 관찰 역시 진짜 죽은 관찰이 아니며, 살아 있는 이미지의 환기력을 갖지 않는다고 간단히 정리해 버릴 수는 없다. 하지만 그들이 제시한 정물에서 역탐지되는 살아 있는 의식으로서의 그들은 많든 적든 인간으로서의 매력은 고갈되어 있는 것처럼 느껴진다. 죽은 체하고 있는 그들의 내부에서 진짜 죽음이 이미 시작되고 있었는지 모른다.

쓰기도 전에 요약은 미친 짓이다

한편 자신의 육체와 의식에 뿌리내리고 있는 관찰은 그 작가의 생명, 곧 죽음을 향해 나아가는 매 순간에 미묘하게 형태를 바꾸어 가며 이미지의 원천이 된다. 작가는 그러한 이미지와 함께 살아 있다. 그러나 그 이미지를 그의 육체와 의식에서 떼어 내 버린다면 살아 있는 이미지를 타인에게 제시할 수 없다. 그렇기 때문에 "이런 이미지가 있어" 하며 타인에게 말하려고 해도 그것을 듣는 사람은 작가를 막연한 의혹에 가득 찬 눈으로 빤히 쳐다보게 되는 것이다. 더구나 "이런 대강의 줄거리가 있고, 거기에 꼬치에 끼운 고깃덩어리처럼 이런 이미지가 준비되어 있어"라고 조리 있게 말해 본들, 결코 이것으로 작가가 이제부터 쓸 소설에 대해서 무언가 긴급하게 중요한 사항들을 말했다고 할 수 없다.

실제로는 이미 완성한 소설조차도 요약할 수는 없는 것이다. 어떤 식으로든 요약된 것은 무릇 소설과는 별개의 것이다. 이제부터 쓰려는 소설을 요약한다는 것은 그야말로 미친 짓이다. 요약을 시도하는 것만으로 전부 손쓸 수 없게 되는 경우도 있을 것이다. 이는 모든 작가들에게 유효한 사항인데, 만약 소설 제작의 노력을 쓸모없게 만들어 버리는 악의적인 시스템을 만들고 싶다면, 그것은 간단하다. 바로 출판 계약 시 출판사가 모든 작가들에게 줄거리와 이미지 견본을 첨부한 요약을 제출하라고 조건을 내거는 것만으로 충분하다.

사회주의 국가의 소설에 모종의 한계성이 있다는 인상에는 이러한 요약을 요구하는 출판 계약을(사실상은 그러한 계약이 실재하지 않는다 해도) 사전에 국가에 제출하는 기분으로 소설 제작을 진행해야 하는 상황에 연유하는 것이 있지 않을까,

나는 의심한다. 다양한 이유로 검열이 존재하는 곳에서 소설 창작은 이런 유의 본질적인 한계성이 완성된 작품에 들러붙어 있다. "나는 이렇게 요약할 수 있는 소설을 쓸 겁니다"라고 말하는 순간, 그 사람 내부의 가장 바깥쪽에 생명으로 움트고 있던 소설이 조산하여 사라져 버리는 것이다. 항상 말만 할 뿐 결코 완성하지 못하는 소설가는, 실은 그렇게 오해받는 것처럼 게으른 사람이 아니다. 그는 단지 요약이라는 마魔가 낀 불행한 작가일 뿐이다.

이렇듯 가령 줄거리 다이어그램과 이미지 무리를 작가가 사전에 준비하고 있다 하더라도, 이제부터 소설을 쓰기 시작하려고 도움닫기 태세에 들어간 작가의 의식 속 좁고 어둡고 뜨거운 내부에 넣은 위 카메라는 끝끝내 신통한 결과물을 비쳐 주지 않는다는 것을, 우선 확인해 두자. 실제로 작가는 대단한 준비의 축적과 확고한 기반에 서서 소설을 쓰기 시작하는 것이 아니다. 더구나 이것이 우스꽝스러울 정도로 비극적인 점인데, 작가는 이런 상태에서 여전히 몸에 맞지 않는 과분한 야망을 품은 채 소설을 쓰기 시작한다.

야망, 대단히 불손하게도 근본적으로 스케일이 방대한 작가의 야망이다. 이것은 바로 작가가 이 세상에 인간으로서 존재하고 있다는 사실에 대해 자신의 고유한 경험을 제시하고 싶어 한다는 것을 의미한다. 표현이 몇 겹이고 중층되는 것을 꺼리지 않고 그 의미를 최대한 좁고 명확하게 한정하도록 하겠다. 작가는 '이 세상에 실재한다는 것은 나에게 이런 것이다'라고 다른 사람들에게 알리고 싶은 것이다. 작가는 '나에게 이 세상과 그 안에서 삶을 영위하는 인간이란 이런 존재이다'라는 것을 드러내 보이고 싶은 것이다. 자신이 세상을 들여다보는 구멍을 통해 '인간이란 이런 존재다'라고 지옥에 떨어질 만큼의 각오로, 오롯이 그 자신의 책임하에 인정하고 싶은 것이다. 이는 작가가 한 명의 인간으로서 한 번뿐인 생을 살아가는 방식으로, 이 세계에 인간으로서 살아가는 의미를 파악해 보이는 독자적인 행동이다. 결국 이는 작가가 그만의 스타일로 이 세상과 이곳에 인간으로 살아간다는 것의 전체를 재구성해 보려는 시도이지 않을까? 작가가 정말로 섬약하고 무력한 개인의 노력으로 이 세상을 그의 방식으로 다시 짜 맞추려 하는 것이기 때문에 불손하게도 근본적으로 방대한 스케일의 기획이라고 누구나 인정할 것이다.

말할 필요도 없지만 작가는 이 세계의 의미를 해석하고자 하는 것이 아니다. 이 세상을 살아간다는 것이 도대체 어떤 의미인가를 추출해서 보여 주려는 것도 아니다. 오히려 이 제4 간빙기의 인류 역사 최초로 유일한 생각하는 사람이라도 된 것처럼 전통에 기대지 않는 독력獨力의 기개로 일체의 방법론적 도움을 거부하며 그야말로 원숭이가 나무에서 떨어진 이래 지금까지 수많은 역사상의 지적 모험가들이 이루어 낸 목록에는 눈길도 주지 않고, 오로지 자기 스타일의 세계의 의미를, 거기에 인간으로서 살아간다는 의미를, 자신의 말로 새겨 가려는 인간이 작가인 것이다. 그래서 그는 이윽고 타인에게도 유효한 수단이 되어 세상 사람들의 자기 고찰에 도움을 줄 만한 실마리를 만들어 두겠다는 원대한 야망도 품지 않는다.

그는 오로지 '나는 한 인간으로서 이렇게 현실 세계에 존재한다'라는 것을, 그에게 있어 자신을 세상에서 떼어 내는 일은 곧 세상의 종말을 의미한다는 듯이 시간과 장소의 제약을 받는 단 한 번의 존재 방식을 취하는 그런 한 인간이 갖는 경험의 형태로, 소설이라는 가공의 세계에 무언가 표현하려는 것이다.

작중 인물은 작가 자신인가?

한 인간이 현실 세계에 살아 있다는 것의 전체를 경험을 통해 통째로 파악하려는 행위는 작가에게 있어서는 실은 세세하고 구체적인 세부를 신경 쓰면서 아주 작은 발판을 근소하게나마 조금씩 넓히며 또 하나의 새로운 구체물을 쌓아 나가는 식으로 진행된다. 작가는 이런 장인 수준의 노력을 하는 동안 온갖 개념의 유혹에 맞서 싸워야 한다. 수많은 해석의 욕망과 겨루어야 된다. 더욱이 개개의 투쟁에서 승리하지 못한다면 앞으로 나아갈 수 없을 것이다.

설령 작가가 현실 세계에 대해 개념을 만들어 낸다 하더라도, 또한 세상 속에 살아가는 의미를 해석한다 하더라도, 그것은 정말로 아무것도 아니다. 개념과 해석의 전문가들은 그들의 전문 역사에 입각하여 독자적인 작업을 진행하고 있다. 실제로 작가와 철학 혹은 역사학 전문가들 사이에 엄밀한 학문으로서의 검토가 가능할 만한 공통 기반은 없다고 생각한다.

예를 들어 작가가 철학자를 향해 지금 자신이 쓰려고 하는 소설에 대해 설명하는, 무익하고 성가신 길고 긴 이야기를 시작한다고 가정해 보자. 작가는 우선 소설 속에 한 인간을 끌어와 넣어야 한다는 사실을 누구의 눈에도 명확한 기정사실인 것처럼 말해 버릴 것이다. 그리고 다음 단계로 전개하려다가 미심쩍어하는 철학자의 제지에 부딪힐 터이다. 그런 후 곤란해질 것 같은 막연한 예감에 용기를 잃으면서도 작가 자신의 현실 세계 속 존재 전체를 그대로 제시하기 위해서, "이 소설에 한 명의 인간을 먼저 만들지 않으면 안 된다"고 설명한다.

철학자가 "그렇다면 그 작중 인물은 작가 자신인가요?"라고 되물으면, 작가는 "아니, 그렇지 않아요"라고 대답한다. 하지만 "그러면 작중 인물은 작가에 의해 충분히 의식화되고 대상화된 것, 즉 작가 이외의 존재인가요?"와 같은 물음에 대해서도 작가는 "아니오, 그건 그렇지 않아요. 왜냐하면 작중 인물이 이 세상을 어떤 식으로 경험하고 있는지를 묘사할 때, 여하튼 작가가 그 인물에 대해 모든 것을 숙지하고 있다고 한다면 그 인물은 소설이 전개되기도 전에 이미 죽은 오브제 취급이나 받게 되기 때문이죠"라고 대답할 도리밖에 없다. 그리하여 둘 사이의 대화는 안쓰러운 결말을 맞이하게 된다.

이러한 작중 인물은 소설의 대들보를 짊어질 수 없다. 작중 인물이란 현실 세계의 인간 모습을 그대로 갖춘 채로, 결코 닫히지 않는 원주율처럼, 항시 도약 운동을 행하고 있는 불확실, 미정형의 존재여야만 한다. 또한 작가는 소설을 구체적으로 전개해 가면서 현실 세계에 살고 있는 자신의 경험을 시시각각 중첩해 간다. 작중 인물을 향해 있던 작가의 의식 속 조명이 다시 스스로에게 반사됨으로써 비로소 작가 내부의(육체와 의식이 촘촘한 그물코를 구성하고 있다) 어두운 부분을 자각할 수 있게 되기 때문에, 작중 인물과 작가 사이에는 혈관처럼 살아 움직이는 파이프가 이어져 있는 것이라고, 작가는 철학자에게 또다시 설명하지 않으면 안 된다. 정말 성가신 이야기지만, 여하튼 소설 속에 인물 하나를 끌어넣는 최초의 작업부터가 이미 복잡한 문제이고 충분히 모호하기까지 하다. 철학자는 "그렇다면 말씀대로 작중 인물을 한 명의 인간으로 간주한다고 칩시다. 그럼 그가 그이기 위해서는 헤겔에 의하면 타자라는 매체가 필요한데, 작가란 그러한 매체로서 소설 속의 그를 위해 존재하는 것인가요"라고 자신이 납득하기 위한 마중물을 제시하려 할지도 모른다.

이렇게까지 대화가 전개되면 작가는 "확실히 그건 그럴 수도 있어요, 아니, 말씀하시는 게 대부분 맞아요"라고 생각할 수밖에 없다. 그런 인간과 인간의 대치 감각이야말로 실제로 작가가 한창 소설을 집필할 때 느끼는 것이기 때문이다. 작가는 소설 속의 인간이 그이기 위한 매체와 같은 존재이다. 그러나 동시에 소설 속 인간 역시 작가가 작가 자신이기 위한 매체이기도 하다. 작가가 한결같이 자신의 체험에 입각해서 설명하려는 반면, 철학자는 "그렇다면 뭐"라며 가엾다는 표정을 지을 뿐이다. 실제로 여기에는 더 이상 헤겔이 끼어들 여지는 없을 테니까. 하지만 헤겔의 자기중심적인 확대 해석을 가지고 작가를 비난할 수 없다는 것도 확실한 사실이다.

작가라는 존재는 이처럼 역사적 체계에 따르지 않으면서, 모든 종류의 말의 신호를 민감하게 취사해서 자신의 언어 체계에 대입해 버리는 인간이다. 그래서 말은 종종 엄밀한 의미의 능선을 허물어 버린다. 게다가 동시에 개념이나 체계 속에서 시들어 가던 말이 우연히도 생명의 수분을 회복하여 부풀어 오르고 밖을 향해 세포 증식하는, 말하자면 말의 생식 능력을 회복하는 일 역시 흔히 발생하곤 한다. 나는 결국 대화 마지막에 다름 아닌 말을 중심 화제로 삼지 않을 수 없는데, 그에 관련된 질문을 미리 해 두자면 이와 같다.

인간 경험의 일부라 할 수 있는 '말'에 있어서, 규격 속에 갇혀 죽은 것과 마찬가지인 의미의 일의적一義的 순결이 중요한 것일까? 아니면 말 그 자체의 육체와 의식의 재생이야말로 중요한 것일까?

소설 창작이란 인간에 비유하자면 이러한 말의 육체와 의식을 통째로 소생시키는 행위이다. 말에 관하여 집중적으로 생각하는 단계에서 다시 이 모호한 과제의 독특한 중요성에 대해 새롭게 포위하듯이 이야기하겠다.

작가 (1) : 달걀 안에서 달걀을 삶으려는 요리사

한편 작가가 현실 세계의 인간으로서 경험하는 내용과 소설에서 표현하고자 하는 감각이 직접적으로 겹치는 것은 아니다. 그렇다고 해서 작가는 현실 세계의 실존 감각에서 완전히 벗어나 소설 세계의 감각을 만들어 내지는 않는다. 작가는 자신이 이 세상에 특정한 방식으로 존재한다는 사실을 소설 세계에 재현하려고 한다. 그중에서도 특히 타인에게는 전달 불가능할 정도로 작가의 본질에 육체와 의식이 구체적으로 뿌리내리고 있는 것만을 재현하려고 하는 것이다.

작가의 현실 경험 중 가장 독특하게 육체와 의식에 관련되어 있는 근본적인 것, 바로 그것이야말로 작가가 소설에서 확인하기를 바라고, 표현하기를 바라는 것이다. 하지만 이것은 애초에 해석과 개념화를 거부하는 것들이다. 일단 해석되고 개념화된 것은 실로 그러한 조작이 가능하다는 사실이 증명해 주듯이 작가에게 있어 가장 근본적인 경험이라 할 수 없다. 게다가 작가는 이것이 철저하게 곤란하다는 것을 꿰뚫어 보면서, 그 전달 불가능한 것을 인간이 어떻게 경험하는지를 소설 속에서 표현하고자 하는 것이다. 이런 표현을 목표로 하기 때문에 소설을 쓴다는 것이 종종 현실 세계 내부로부터의 파악 그 자체가 될 수도 있다.

작가가 현실 세계 속의 경험을 표현하려고 한다. 소설 창작 과정에서 구체화되는 이 세계의 실재 감각을 표현할 때, 작가는 세계의 밖에 서서 전망을 하고 있어서는 안 된다. 그렇게 되면 온갖 시도가 근본부터 실패하게 된다. 기묘한 구조의 비유지만, 작가는 달걀 안으로 들어간 상태에서 그 달걀을 삶으려고 하는 이상한 요리사 같은 존재다. 더욱이 이런 과학적으로 불가능한 방식으로 이 세계에 인간으로서 존재하고 있다는 경험을 가장 과학적인 대상화에도 밀리지 않을 만큼의 구체성, 즉물성을 갖고 표현하는 것이 작가의 일인 것이다.

현실 세계의 내부에 한 인간으로서 실재한다는 경험은 구체적으로 육체와 의식이 어쩌면 고분자 화학의 영역에 해당될 정도로 미세하며, 끊임없이 운동하고 있는 현장이라는 점을 의미한다. 실존의 경험 전체를 온전히 언어로 표현하는 것이 어떻게 가능한가 하는 것 또한 앞으로 집중해야 할 언어의 과제의 예고편으로서 당연히 질문해야 할 사항이다. 육체에서 떼어 내면 의미를 잃게 되는 의식의 경험을, 일반적으로는 의식의 철사 공예 재료에 불과한 언어로 제대로 표현할 수 있을까? 설령 가능하다 하더라도 그것은 철학적으로 관찰해 보면 의식의 눈속임 효과에 의한 것이 아닐까?

그러나 이 수많은 추상적인 단어들을 줄줄이 늘어놓으면서 지금 어설프게나마 밝혀내려고 하는 소설 세계의 구조 내의 언어는 모호화·신비화의 경향과는 정반대인 명료화·즉물화의 방향으로 나아갈수록 작가 자신의 (타인이 이해할 수 있도록 해석하거나 설명하거나 개념화할 수 없는) 경험을 제시하는 데에 유효한 것으로 관찰된다. 모종의 기괴한 정신주의자처럼

'사물'만이 명료하고 그와 관련된 모든 의식적인 것들은 결국 모호하다는 식의 생각은 전혀 없다. 나는 오히려 그 반대를 주장하고 있는 것이다. '사물'이야말로 모호한 것이다. '사물' 은 그 어떤 의식적인 것들보다 인간을 현혹하고, 끊임없는 판단 유보의 근원이 된다.

말할 필요도 없이, 소설을 창작할 때 사용할 수 있는 소재는 오로지 말뿐이다. 작가는 아주 작은 '사물'이라 할지라도 그것을 그대로 소설 속에 도입할 수 없다. 한 움큼의 땅콩을 소설 페이지 위에 올려놓을 수는 없다. 그러면서도 그 한 움큼의 땅콩이 이 세상에 존재한다는 사실을, 현실 세계에서의 경험의 근간처럼 견고하게 표현하고자 하는 것이다. 책 위에 한 움큼의 땅콩을 얹는 것보다 더 구체적이고 즉물적인 효과를 내야 할 뿐만 아니라, 그것이 작가의 존재 자체를 관통하는 경험이라는 것을 오인하기 어려울 정도로 분명하게 표현해야 한다.

한 움큼의 땅콩이라는 단어가 현실의 한 움큼의 땅콩보다 더 즉물적이고, 게다가 그것이 작가의 현실 세계에서의 경험 그 자체를 표현할 수 있다는 것이 그 단어를 읽는 사람에게 해석도 설명도 아닌, 바로 현실 세계에서 독자의 새로운 경험으로 파악되는 것, 그런 여러 층위의 곡예 같은 관계의 실현을 바라며 작가는 소설 제작 작업을 시작하는 것이다.

숲속 골짜기 소년

숲속 깊은 골짜기에서 정서적으로 불안정하게 살던 어린 시절, 둘째 형이 끝이 찌부러진 기관총 탄환을 보여 줬던 기억이 떠오른다. 그것은 학도병으로 군수 공장에 동원되어 일하러 갔던 형이 공습 때 광장에 엎드려 있다가 저공에서 날아오는 기관총 사격을 받아 귀 바로 옆 콘크리트 바닥에 박힌 것을 기념으로 파내어 가져온 총알이었다. 그 작은 금속 덩어리는 내게 정말 깊은 동요를 불러일으켰다. 미군의 그러면 Grumman 전투기의 습격, 군수 공장 안마당, 불과 몇 센티 차이로 두개골을 꿰뚫었을지도 모르는 총알….

그렇다면 형이 이렇게 살아 있고, 체온이 느껴질 정도로 가까이 앉아서 나를 설득하기 위해 떠들고 있는 것은 완전히 우연이라고 해야 하지 않을까. 혹시 이미 죽은 환영이 말하는 것은 아닐까? 그에 비해 바다 건너 외국 공장에서 만들어진 황동색으로 둔탁하게 빛나는 이 작은 금속 덩어리는 어쩌면 이토록 기괴할 정도로 확실하게, 이렇게 존재할 수 있을까. 글로 옮겨 보자면 나는 경험으로 위와 같은 내용을 어린 내 육체와 의식을 통해 받아들이고 있었던 것이다.

그런데 그날 내 경험의 클라이맥스는 뒤이어 나를 기다리고 있었다. 어린아이는 형의 수다에 지쳐 물을 마시기 위해 그늘져 차가운 우물 쪽으로 갔다. 그리고 펌프를 누를 때 뿜어져 나오는 물 덩어리(그것은 확실히 돌처럼 단단하게, 그 전체 형태와 반짝이는 빛 하나하나가 내 육체와 의식으로 포착되는 것이었다)가 그것을 직접 입으로 받아 마시려는 나보다 훨씬 더 기괴할 정도로 확실하다는 경험으로 다시 한 번 내게 다가왔다.

말로 번역하면 이렇게 되지만, 실제로는 얼굴이 창백해져 완전히 누렇게 떠 버린 작은 얼굴의 아이가 홀로 낡은 주철 펌프 옆에 다리를 바들바들 떨며 서 있는 동안, 말 그 이상의 것, 즉 육체와 의식을 한순간에 꿰뚫는 경험으로, 그것은 있었던 것이다. 이렇게 일단 경험한 것이 해석되지 않고, 설명되지 않고, 개념화도 되지 않은 채 일종의 교육의 결과처럼 몸에 배어 버린다는 것, 그리고 그 경험의 실체는 모두 하나로 얽혀서 계시가 되었다. 그런데 그것은 대개의 신비로운 것과는 무관했으며, 무려 독자적으로 획득한 계시였다. 나는 그 계시의 내용을 명확하게 파악하고 있었기 때문에 계시는 곧바로 실용적인 지혜가 되었다.

숲속의 아이는 그의 육체와 의식을 너무나도 우연적인 것으로 느끼게 하는 다양한 '사물'들의 전격적인 존재 주장을 연이어 만나게 된다. 그것은 그의 일상을 근본적으로 새롭게 만들었다. 아이는 식물에 대해, 미세한 생명체에 대해 그리고 돌이나 흙덩어리를 비롯한 온갖 무기물에 대해 주의 깊게 정면으로 마주하려는 습관을 몸에 익혔다.

다만 한밤중에는 더 이상 도망칠 곳 없는 죽음의 공포에 휩싸이기도 했다. 왜 도망갈 곳이 없느냐 하면, 그가 주변 사물들과 마찬가지로 적나라하게 우발적 폭력 앞에 노출되어 있다는 사실을 인정했기 때문이다. 그는 더 이상 어떤 의미에서든 특혜를 누리는 상태가 아니었다. 그렇지만 때때로 그렇게 '사물'의 기괴한 확실성을 느끼는 주체가 다름 아닌 자신이라는 것을, 그래서 자신이 어둠 속에서 죽음의 공포에 떨고 있는 한밤중에는 돌도, 물줄기도, 나무도, 숲조차도 마치 존재하지 않는 것처럼 착각한다는 것을 깨닫게 되고부터는, 결국은 마주하게 될 다음 단계의 불안과 그 해결에 대한 힌트 같은 것의 감촉을 느꼈다.

작가 (2) : 사자를 상대화하는 들쥐

작가가 이 세상을 살아가는 경험 전체를 소설의 영역에서 실현하고자 하는 생각은, 자칫하면 비평가들의 추적을 피하기 위해 에둘러서 소설을 일부러 복잡하게 만들려는 꼼수처럼 받아들여질 수도 있을 것이다. 그렇다면 왜 이런 식의 표현을 반복하는 것일까? 그것은 가장 단적으로 소설이라는 특수한 언어의 구조체에 대한 단락적이고 통속적인 예단을 나 자신을 위해서라도 한번 끊어 내고 싶기 때문이다.

소설이란 작가가 얼마든지 자유로운 교환이 가능한 단어를 자유의지로 선택하며 만들어 가는 것이기 때문에 작가의 의식에 따라 어떤 식으로든 변형할 수 있을 것이라는 것이 그러한 예단 중 하나라고 하자. 사실 실제로도 그렇다. 작가가 하나의 궤도를 달리도록 속박당한다면, 그 속박은 무조건적으로 나쁜 속박, 타파해야 할 속박이다. 어떤 시대의 속박 속에서 쓰여졌으면서도 작품으로서의 독립성을 갖춘 소설을 구체적으로 고찰할 때, 내가 항상 부딪히는 것은 그 작가가 분명 하나의 속박 속에서 글을 쓰고 있지만, 오히려 그 속박을 굳이 스스로 감수하면서 소설을 쓰고 있는 것은 아닐까 하는 의심이다. 그는 자신을 속박하는 것들을 상대적으로 파악하고, 그러면서도 여전히 속박당하는 것을 기꺼이 선택하면서 소설을 쓰고 있다.

만약 작가를 속박하는 대상이 절대적인 것이라면, 자유로운 선택의 여지가 있을 수 없고, 따라서 내가 그 작가로부터 이런 자유의 감각을 전해 받을 수도 없을 것이다. 절대적 속박에 부딪혔을 때, 작가에게는 여전히 침묵할 수 있는 자유도 있다. 그러나 일반적으로는 절대적 속박을 상대화함으로써 소설이, 특히 위험한 풍자로 가득 찬 소설이 만들어져 왔다. 그리고 가장 흔하게는 어떤 속박을 오히려 작가의 의식의 힘으로 절대적 속박에 가까운 수준까지 끌어올린 후 그것을 단 번에 상대화함으로써 그의 소설에 용수철 같은 강력한 반발력을 부여하기까지 했다. 원래 소설은 근본적으로 상대적인 것이기 때문에, 일단 이런 인식에 다다른 작가는 마치 사자 주위를 민첩하게 뛰어다니는 들쥐처럼, 일반적으로 절대화된 것 앞에서 자유로울 수 있는 것이다.

그것은 또한 작가가 어떠한 종교 체제, 정치 체제하에서도 그를 절대적으로 지지해 줄 존재는 없다는 것을 자각하고 있다는 것이며, 언제나 상대적이고 자유로운 선택에 따라 자신의 시대를 살아가야 한다는 작가의 각오를 보여 주는 것이기도 하다. 설령 절대자의 깊은 신뢰를 얻은 것처럼 보이는 작가도 결국은 방심할 수 없는 상대성의 신봉자이기 때문에, 절대자는 언제 그 들쥐에게 코를 물리지 않도록 경계를 늦추지 않아야 한다. 이는 또한 작가가 절대자의 통치 아래 살아가는 한, 마지막 숨을 거둘 때까지 안도감을 맛볼 수 있는 순간은 전혀 존재하지 않는다는 것을 의미하기도 한다.

따라서 어떤 의미의 스탈린주의 시대에도 작가가 안전하다는 것은 원래 있을 수 없는 일이지만, 오늘날 솔제니친의 저항에도 어느 정도 상대적인 면이 있음을 사람들은 인정할 것이다. 사회주의 국가의 미래라는 것조차도 솔제니친은 상대적일 것이라는 생각이 차츰 들면서부터 비로소 사회주의

자 솔제니친 문학의 근본적인 자유 감각에 대해 많은 영감을 받을 수 있었다.

사르트르와 시점의 문제

이제 다시 소설에 대한 예단으로 돌아가 보자. 지극히 기하학적인 정신의 소유자가 다음과 같은 말을 이어 갈 가능성도 충분히 있을 것이다.

> 작가여, 당신의 말대로 소설이란 어떤 변형도 가능하고, 작가의 의식이 임의로 만들어 내는 것이라면, 그리고 거기에 표현되는 것이 모두 원칙적으로 상대적인 것이라면, 그것은 결국 제대로 문제로 삼을 수 없는 것이 아니겠는가? 소설이 자연과학 또는 사회과학의 방법·법칙으로부터 완전히 자유롭고 임의로 대체 가능한 부분들로 이루어진, 자유롭게 선택된 전체라면, 어떻게 그것을 진지하게 다루고 마치 또 다른 현실 세계의 경험인 것처럼 평가할 수 있겠는가?
>
> 실제로는 소설 세계에도 아름다움이나 도덕성처럼 암묵적으로 인정되는 기본 원칙이 있어서, 근본적인 파이프는 현실 세계와 연결되어 있는 것 아닌가?

이런 질문을 받는다면, 앞부분은 찬성하고 뒷부분은 부정할 것이다. 확실히 소설은 전적으로 자유로운 선택의 세계이기에 존재하는 의미가 있는 것이다. 피카레스크 소설에서 대단원이라고 미리 이름 붙여진 장에 한심하게도 막다른 골목에 몰린 악당의 처참한 처형을 연상시키는 장면이 있고, 이어지는 장에는 그 악당에게 온갖 현세의 기쁨과 명예가 찾아온다는 진짜 결말이 나타날 때가 있다. 이처럼 절대로 상식에 반한다고 할 수밖에 없는 터무니없이 비상식적인 반전조차도, 내가 그 두 장을 하나의 이야기로 믿을 때 비로소 나는 그 소설 세계를 이 현실 세계와 동등하게 경험하게 되는 것이다.

그리고 소설의 기술에 대한 평가, 방법론에 있어서 이른바 미학이라는 말처럼 모호하고 내용적으로 공허한 표현도 없으며, 설령 도덕성을 거론하며 작가를 공격할 수 있다 하더라도 소설의 세계는 그러한 비판으로부터 손쉽게 자립할 수 있는 것이니, 무릇 소설이란 방법적으로도 주제적으로도 상대적인 것으로서, 통속적인 예단을 떨쳐 버려야 한다.

예를 들어 소설의 실제적 전개 단계에서 시점의 문제는 소위 소설론의 세계에서 역사적으로 가장 많이 정비되어 온 문제였다. A의 시점을 설정한 후 부주의하게 B의 시점을 섞어 넣는 것을 방법적 결함이라고 비판하는 것은 말하자면 아주 초보적인 발목잡기다. 강아지를 데리고 거리를 걷는 부인의 정경을 쓰기 시작한다고 가정할 때, 그 부인과 강아지를 머리 위에서 내려다보는 것처럼 거대하고 넓은 시점을 설정하는 것, 그것은 화자의 시점이라고도 할 수 있는데, 확실히 그 방식은 제약이 가장 적다. 작가는 그 부인의 내부를 자유롭게 드나들 수 있을 것이다.

그러던 중 이러한 시점에 리고리즘rigorism적인 반발을 일으켜 부인의 시점으로만 한정하는 것을 작가의 시점으로 채택하는 발명이 이루어졌다. 이 경우 저쪽에서 걸어오는 남자의 시점이 섞여 있다면 그것은 방법적 결함으로 간주되었다. 하지만 과연 그런 절대적인 제약이 소설 제작 현장에 도입되어야만 하는 것일까? 절대적인 법칙이 딱 들어맞을 정도로 소설의 세계는 법칙적일까?

나는 그것을 의심하는 것에서 시작하여 소설의 시점이라는 과제를 다시 한 번 완전히 자유로운 것으로 풀어내려고 한다. 여성의 시점을 채택하는 것, 그것은 괜찮다. 그렇다고 해서 어째서 저쪽에서 오는 남자의 시점을 도입하는 것은 방법론적으로 혼란스러운가. 원한다면 강아지의 시점까지 거기에 포함시켜도 되지 않을까. 왜냐하면 결국 소설 속 시점은 작가가 어떤 절대적 근거 없이 자유롭게 만들어 내는 가상의 시점이기 때문이다. 그것은 소설을 완전히 공상으로 치부하는 통속적인 예단의 입장과도 진심으로 일치하고자 원하는 바이다.

사르트르의 모리아크François Mauriac(프랑스의 소설가) 비판의 논점은 이미 널리 알려져 있다. 이를 그대로 반복할 필요가 없는 것은 물론이고, 새삼 사르트르를 향해 신의 관점의 초월성에 입각해 반론할 필요도 느끼지 못한다. 다만 여기서 한 가지 짚고 넘어가야 할 것이 있다. 오래된 참고 자료를 끄집어내듯 다시 한 번 강조하고 싶은 것은, 그 비판이 진행되는 중에도 작가 사르트르는 소설 속 시점 설정에 대해 절대적인 법칙성이 있다고 믿었던 것은 아니었을 것이라는 점이다. 어떤 법칙성에도 얽매이지 않겠다는 결심에 오히려 사르트르의 비판의 출발점이 있었을 것이다.

소설에는 신의 시점조차도 인간의 책임하에서라면 작가가 소설 안으로 자유롭게 끌어들일 수 있는 자유가 있다. 그러나 그 신은 어떤 절대성을 띤 신이 아니다. 작가의 자유로운 선택에 따라 상대적으로 도입되는 신이다. 이러한 시점으로 소설을 창작한다는 것을 절대적인 척도에서 옳고 그름을 따지는 차원이 아니라, 과연 그때 인간의 상상력이 가장 자유롭게 해방되는가 아닌가라는 핵심을 둘러싸고, 사르트르는 비판을 시작했을 터이다.

작가 (3) : 말의 연금술사

나는 지금 다행인지 불행인지 모르겠지만 신이라는 명제
에 얽매이지 않고 앞으로 나아갈 수 있다. 자유롭게 선택한
신이라 해도, 나는 그런 존재 혹은 존재의 환영을 내 소설의
여러 요소들 속으로 끌어들이지 않고도 해 나갈 수 있을 것
같다. 따라서 내가 지금 직면해야 하는 것은 지극히 지상에
관련된 문제이다. 그것은 말하자면 소설의 자립성을 의심하
는 이들이 소설과 작가에 대해 품고 있는 예단 중 가장 유효
해 보이는 마지막 일격이라고 할 수 있다.

소설의 세계가 온갖 이론과 오랫동안 쌓이고 쌓여 무너져
내릴 것 같은 풍부한 전통에도 불구하고 결국은 상대적인 것
이기 때문에, 절대적인 배제의 힘을 가진, 문학이란 무엇인
가? 라는 논의는 성립할 수 없는 모양새라는 것은, 그야말로
억지스러운 소리라고, 그 집요하게 추궁하는 자가 말한다고
치자. 모든 것은 작가의 의식에 뿌리를 두고 있으며 그것은
또한 작가의 육체를 관통하는 것으로, 소설은 어찌 됐든 작
가의 자유로운 선택에 따라 만들어지는 것이다.

그렇다면 작가가 소설 창작에서 자신의 의식을 넘어서는
것을 기대할 수 있는 이유는 무엇일까? 작가가 현실 세계의
경험 전체를 해석하거나 설명하거나 개념화할 수 없다고 솔

직하게 말할 때, 그 점에 대해서는 작가의 의견을 인정해 줄 수 있다. 타인으로부터, 너의 현실 세계에서 경험이란 이런 것이다, 라고 해석되고 설명, 개념화된다고 할 때 작가가, 그렇지 않다, 내 경험은 그렇게 의식화하여 타인에게 전달할 수 없는 것이다, 라고 거부한다면 어떤 타인도 그 작가를 설득할 수 없을 것이 분명하다.

마찬가지로 작가가 자신의 현실 세계에서 경험은 자신의 언어로 해석할 수 없고 설명, 개념화할 수 없는 것이라고 주장한다면, 역시 타인이 그것에 대해 할 수 있는 것은 아무것도 없다. 속수무책이다. 그 점은 크게 양보한다고 치자. 그러나 작가는 마약에 취하거나 광기의 발작에 의해서가 아니라, 가장 깨어 있는 의식을 통해 소설을 만들어 내는 것이 아닌가. 게다가 신비로운 기호가 아니라 지극히 평범한 만인의 공통된 언어를 사용하여 산문을 쓰지 않는가. 즉, 소설은 작가의 의식의 빛 속에서, 그리고 그 의식적인 노력으로 만들어지는 것이 아닌가.

그런데 일단 소설이 완성되면, 거기에는 이 현실 세계에서 경험과 마찬가지로 해석도 설명도 개념화도 허용하지 않는 하나의 경험이 실현되고, 게다가 그것이, 즉 그렇게도 전달 불가능한 것이 소설을 읽는 타인을 향해 전달될 수 있다는 것은 어떤 신비한 연금술일까? 만약 거기에 인간의 의식을 넘어선, 아마도 소설이라는 구조체 자체가 가지고 있는 독자적인 시스템이 있고, 그것이 자율적으로 작동함으로써 작가의 의식을 초월한다고 한다면, 앞서 말한, 소설이 모두 자유로운 선택에 의해 이루어진 것이며, 작가의 의식에 의해 어떤 부분도 대체될 수 있는 상대적인 성격의 것이라는 분석과 모순되는 것은 아닐까? 라고 비판자들은 추궁할 수 있을 것이다.

이에 나는 미리 준비해 두었던 것을 여기에 적는 식이 아니라, 이 질문을 전체적으로 다시 한 번 재검토하는 식으로 대답하고 싶다. 그리고 작업의 중심에 언어에 대한 고찰을 두려고 한다. 그렇게 말의 명제가 내 눈앞에 나타나는 것, 그것이 바로 내가 원했던 것이기도 하기 때문이다. 즉 이 글을 쓰기 시작한 처음 지점으로 돌아가는 것이다. 소설을 쓰려고 좀처럼 파악하기 힘든 모호한 다이어그램을 그려 놓은 채, 내 안에 뿌리를 내리고 살아 있고, 형태가 정해지지 않았지만 여전히 증식 중인 관찰을 언어를 통해 이미지로 바꾸어 다시 파악하려고 하는, 소설 창작의 현장으로 돌아가는 것이다. 그런 제작을 향해 나아가고 있는 작가인 나 자신만이 알 수 있는 것을 말할 수밖에 없기 때문이다.

이제 모호하고 두서없는 소설의 큰 줄거리 다이어그램에 따라 시작 부분을 써 내려가려 한다. 첫 시작은 한 사람을 자유롭게 선택하여 안으로 맞이하는 것이다. 나는 말을 찾는다. 이 단어를 찾는 행위 자체가 이미 이중의 구조를 갖추고 있다는 것을 나는 곧 깨닫게 된다. 나는 몇 가지 평범한 의미와 소리를 가진 단어들을 내 의식 속에서 자유롭게 선택하고, 그것들을 마치 어두운 혼돈을 향해 막대기를 쿡쿡 찔러 탐색하는 것처럼 다루면서 무언가의 반응을 느긋하게 기다린다. 그렇게 하면서 지금 소설의 앞부분에 도입하고자 하는 작품 속 인물이 현실 세계와 접하는 방식을 명확하게 파악하려고 한다.

이 행위 자체가 반대로 나 자신에게 알려 주는 부분이 있다. 그것은 이 소설을 위해 대기하고 있던 지난 몇 년 동안 언제부턴가 비록 모호한 윤곽이지만 그 존재감은 검은 얼룩처럼 뚜렷한 한 인간의 이미지가 어떻게 내 안에 뿌리내리게 되었는지, 점점 더 선명하게 내 손으로 직접 밝혀내도록 하는 것이다. 몇 마디 말이 그 녀석의 실체에 닿는 손맛을 느끼게 해 준다. 그것은 다름 아닌 소설을 쓰고 있는 나 자신을 조금씩 선명하게 자각해 가는 것이 아닐까, 그렇게 생각된다.

나는 말로 더듬어 탐색하면서, 몇 가지 문장을 조합함으로써 나 자신이 지난 몇 년 동안 어떤 방향으로 육체와 의식이 뒤섞인, 어둠 속에서의 경험을 쌓아 왔는지를 어느 정도 객관화할 수 있었기 때문이다. 그러나 내가 그 작품 속 인물에게 나 자신에 대해 내가 가지고 있는 개념적 윤곽을 부여하려고 하면, 그 행위로 인해 겨우 파악할 수 있었던 어떤 인간의 존재감이 나의 말에서 사라져 버리는 것이다. 따라서 언어를 통한 모색은 나 자신을 닮은 인물상을 흉내 내는 것에서 빠르게 멀어진다. 오히려 그런 나 자신을 벗어나, 그 만들어져야 할 인간이 현실 세계에서 경험하는 감각이 보다 구체적으로, 보다 짙게 스며드는 방향으로 언어의 미세한 더듬이 운동은 진행된다.

언어의 더듬이 운동

이때 중요한 것은 이렇게 반복해서 내밀었다가 금방 거두어들이는 방식으로, 언어의 더듬이 운동 에너지를 남발하면서, 지금 소설에 선택되어야 할 인물과 소설 속에서의 그의 첫 경험을 한꺼번에 정착시키려고 애쓰는 동안, 내 내부에서 분명한 것은 우선 나의 관찰에서 발산되어 상상력의 배양기 위에서 길러진 어떤 고유한 경험의 감각뿐이라는 것이다.

한때 나는 그 경험의 전체를 훼손하지 않고는 말로 표현할 수 없다고 느꼈다. 그래서 해석하거나 설명하거나 개념화하지 않고 그저 그 경험을 간직해 왔다. 좀 더 구체적으로 사실에 입각해서 말하자면, 어느새 그 경험이 내 의식에 의한 해석이나 설명, 개념화를 받아들이지 않는, 그리고 전체가 갖추어진 상태에서 내 안에 자리 잡고 있다는 것을 점차 발견하게 되었다. 그리고 지금 언어의 더듬이를 부지런히 움직여 그 경험을 다시 한 번 총체적인 언어로 담아내려고 하는 것이다.

게다가 일단 그것을 말로 감싸서 담아낸다는 것은 나 자신의 내면과 그것과의 살아 있는 연결고리를 끊어 버리는 것이기도 하므로, 그 이후에도 독립적인 하나의 경험으로서의 존재감을 계속 유지하기 위해서는 더 많은 말의 보강이 필요하다. 그리고 이 보강은 거기에 언어로 표현되는 인간, 즉 작품 속 인물과 경험과의 견고한 결합을 위해 집중해서 이루어져야 한다.

이 보강 작업에서 가장 중심이 되는 것은 작가인 내가 내면에 품고 있는 경험의 감각이 훼손되지 않도록 하는 배려와 다름없다. 게다가 그것은 그 경험의 내용과 질에 대해 의식적으로 실체를 파악한 후의 작업이 아니기 때문에(따라서 그 경험을 요약하는 개념적 단어를 거기에 넣는다는 기계적인 조작으로 이뤄지는 것이 아니기 때문에), 역시 언어에 의한 모색을 쌓아가는 수밖에 없다. 그래서 말은 점점 쌓여 가고, 마침내 문장으로 표현된 작품 속 인물이 그 주체에 의해 받아들이고 보여주는 그의 세계 경험이 나 자신의 내면에 있는 애초의 감각의 무게·넓이와 일치한다고 느껴질 때 비로소 한 단계가 끝이 난다. 이미 내면의 어둠 속에서 육체와 의식이 미묘하게 뒤섞여 있는 현장을 응시하고, 거기에 반복적으로 언어의 더듬이를 내밀어 보는 작업은 필요 없다. 그리고 주로 종이 위에서 다음 작업이 시작된다.

독자의 출현

두 번째 단계의 작업에서 작가의 의식은(그것이 언어라는 것, 그것도 단순한 개념만을 나타내는 것이 아닌 언어라는 것의 특수성이며, 의식은 신체에 동반되어 기능하게 되는 것이지만) 이제 막 자신이 쓴 말로 향한다. 그 작업의 한 측면은 지금 이 단어들이 표현하고 있는 인간이 그것만으로 충분히 타인의 상상력을 향해 자립할 수 있는가에 대한 물음과 관련된 것이며, 다시 한 번 단어가 보충되고, 또 깎여 나간다. 또 다른 측면은 그 창조된 인간이 지금 이 말들을 통해 경험을 표현하는 실재감이 과연 더 짙고 무거워질 수 없을까 하는 작가의 불안에서 비롯된 것이며, 이를 위해 또 다른 말들이 보충되고 지워지는 것이다.

이어서, 이러한 경험을 하고 있는, 이러한 인간에게 어떤 연속된 전망과 행동이 열릴 것인가를 추구해 나가기 위해 새로운 단어가 추가되고, 그렇게 연결된 맥락 속에서 리얼리티가 확인된다. 그와 동시에, 전개 하나하나가 작가 내면에 있는 이 현실 세계에서의 경험 감각과 어긋나지 않도록 진행되기를 바라는 감시의 눈도 항상 작동하면서 언어는 점점 더 다층화되고, 작가의 의식된 영역을 넘어서는 복잡한 실체가 소설의 언어 속에 축적되어 간다.

그리고 개념적 이해 대신 상상력을 전면에 내세워 소설 속 인물의 경험에 참여하고자 하는, 이 현실 세계 속에 살고 있는, 그들과 다른 인간, 즉 독자의 출현을 충분히 기대할 수 있을 때, 소설은 분명 자유롭게 선택된 언어에 의해 자유롭게 구축되는 것이기는 하지만, 작가 자신이 명료하게 의식한 한계를 넘어설 수 있는 가능성을 모두 축적하게 된다.

> 언어에 포함된 정보가 아닌 것, 혹은 비정보의 부분을 개척하면서 경험된 세계 내 존재라는 전달할 수 없는 것을 전달하고, 전체와 부분, 전체성과 전체화, 세계와 세계 내 존재 사이의 긴장을 세계 내 존재의 의미로서 유지하는 것, 그리고 독자가 자유롭게 자신의 내면에 이 긴장을 자신의 삶의 의미로 형상화하도록 독려하는 것.

이 정의는 예전에 일본을 방문했을 때 사르트르가 던진 메시지로, 내 내면에 여전히 남아 있다. 그것은 내가 지금까지 설명한 모든 것을 척수액처럼 깊고 근본적으로 이미 담아 놓은 것임에 틀림없다. 물론 이 말은 "작가의 정치 참여란, …"라는 물음에 대해 사르트르가 한 말이라는 것을 다시 한번 확인해야 할 것이다.

나는 여러 정치 집회에서 작가의 정치 참여란 무엇인가라는 질문을 접할 때마다 은근히 이 사르트르의 말을 떠올리곤 했지만, 한 작가로서 그것을 원용하여 이야기한 적은 없었다. 그것은 지극히 제한적인 형태로 작가 자신의 내적 결의를 촉구하는 말이었기 때문이다. 그리고 지금 새로운 소설의 첫 부분을 쓰려고 혼자 서재에 틀어박혀, 즉 당면한 문제로서 어떤 타인으로부터도 작가의 정치 참여란 무엇인가라는 질문을 받지 않은 상태에서, 오히려 이 구절을 가장 명료하게 기억의 저편에서 되살려 내어 온전히 경험하고 있다. 이렇게 한 작가가 소설을 쓰려고 한다….

2. 말과 문체, 눈과 관조

소설 쓰기를 방해하는 괴물들

한 작가가 소설을 써 내려 간다….

그것은 불확실하면서 모호한, 확실한 예측이 서지 않는 작업이다. 숙련된 작가라고 사정이 다를까? 적어도 십수 년 작가로 살아온 나의 경우는 숙련공답게 독자적인 모듈에 맞추어 평온히 궤도 위를 달리듯 소설을 써 내려가는… 그렇게는 되지 않았다. 벌레가 고밀도의 액체 속으로 무리하게 몸을 쑤셔 넣고 있는 것처럼, 소설 진행에 뒤처지지 않게 따라붙으려고 하면 되밀린다. 기분을 가라앉게 하는 무거운 저항감을 느낀다. 더 큰 문제는 그 저항감의 뿌리를 단단히 쥐고 뽑아서 극복할 수 있는 것이 아니라, 그저 가만히 주저하고 있는 사이에 피로감만이 비대해져 온다는 것이다.

그렇다고 해서 머리 회전이 아주 빠른 장인이 하듯이 "그럼 오늘은 일을 접고 밖에라도 나가 볼까" 하고 공백을 두고 분위기를 전환하지도 못한다. 다시 일을 손에 잡으면 아까 곤란했던 감각이 그대로 떡하니 버티고 있기 때문이다. "정말 지긋지긋하다"는 푸념에 어둑한 먼 곳을 바라보면, 저쪽에서는 오히려 "나야말로 진절머리 난다니까!"라며 곤란이란 괴물이 억울하다는 듯 나를 노려보고 있다. 더욱이 이 괴물들의 성격은 아주 각양각색이다. 괴물들 하나하나를 숙련과는 무관한 일회성 신종 공략법으로 극복하지 않으면 책상 위 종이는 언제까지고 공허하게도 텅 비어 있다.

소설 진행을 시작할 즈음, 즉 미궁의 입구에서 흡사 괴물처럼 작가를 때려눕히기 위해 기다리고 있는 곤란은 문체의 문제이다. 그리고 내 경험상으로 이것은 시점의 문제와 미묘하게 다르면서도 미묘하게 겹치는, 실제적인 의미의 '눈'의 도입 문제이다.

노골적으로 문체라는 문학 용어를 제시하면 "그것은 작가 고유의 것이고 소설을 쓰기 전부터 이미 작가의 직업적 개성으로 존재하는 것 아닌가?" 하는 의심의 목소리가 다른 이도 아닌 문학 독자들로부터 들려올지 모른다. 적어도 직업 작가가 소설을 쓰기 시작할 때마다 문체라는 곤란에 맞닥뜨리지 않을 수 없다고 한다면 대단히 풋내기 같은 얘기가 아닐까?

사실 '문체'만큼 각양각색 제멋대로 쓰이고 있는 문학 용어도 없을 것이다. 게다가 문체 문제의 실상은 보다 일반적으로 통용되고 있는 유의 의미 부여일수록 보다 깊게 비판적인 눈으로 대해야 한다는 데 있다. "그의 전아한 문체는 일본 문학의 전통을 잇는 특상의 것"이라는 통설이 굳어진 작가일수록 주의가 필요하다고 말하지 않으면 안 된다. 일단 굳어진 우아한 문체라는 것은 이미 죽어 버린 정형인 경우가 많기 때문이다.

여기 문체만큼은 우아하며 아름답고, 장중한 것으로 확고한 명성을 지닌 작가가 한 명 있다고 치자. 그의 화려한 자기 선전에 대해서는 많은 사람들이 의심의 눈초리를 보내고 문학적 주제에 대해서도 진지하게 받아들이는 이는 적다. 하지만 그의 정묘하며 화려한 '문체'에 대해서는 대다수가 손으로 만질 수도 있다고 할 정도로, 소위 그것을 인지하고 있다. 그러나 실제로는 이 작가의 '문체'야말로 죽은 형해形骸인 것이다. 그는 대단히 부지런하게 매일 수십 줄을 써서 그 '고전적인'(이 말도 일본에서는 실체가 모호하게 쓰이고 있다. 가령 『돈키호테』를 읽고 놀랐다, 이 고전은 정말로 '고전적인' 온화함·바름·형식미에 있어서 급이 다르다는 식의 비평을 듣는다) 소설의 전체를 완성했다, 고 주위로부터 찬사의 꽃다발에 파묻힐 것이다. 모르긴 몰라도 그 근면함을 가능하게 한 첫째 이유가 이 형해화形骸化된 문체, 빈껍데기 문체이다. 이런 근면함의 연속은 작가에게 얼마나 많은 지루함을 안겨 주었을까. 작가는 그를 내부에서부터 부식시키는 지루함에 맞서기 위해 문학적 모험을 선택하기보다 결국에는 피비린내 나는 모험에 나서는 길을 따를 수밖에 없다.

진짜 문체와 가짜 문체

지금 이 작가가 남긴 방대한 양의 소설을 읽을 때 진정한 의미의 문체에 관한 문제가 드러나서 나에게 긴장감을 준다고 한다면, 첫째는 작가의 형해화한 문체의 모자이크 무늬를 깨부수는 풍파가 일어난 부분이고, 또 하나는 작가가 명민한 자의식을 통해 자신의 오랜 동일 형식의 문체 그 자체를 비평적으로 관조하여, 의도적으로 또다시 그 문체를 채용해 보이는 경우, 즉 패러디화 의식 운동이 확연히 드러나는 경우이다. 후자의 경우는 단가短歌와 같은 정형시에 비평적 지성의 확장과 해방감에 가득 찬——특히 그 정형 자체가 계기가 되는——자유로운 이미지의 번뜩임이 일순간 일어나, 그 순간 형해화된 문체가 그대로 살아 있는 문체로 되살아나는 것과 같다.

또한 '문체'의 눈속임 중 가장 단순한 것으로, 일본의 문학적 속설 세계에서 '특이한 문체'로 불리는 것을 만들어 낸 가짜 '문체'가 있음을 주의해야 한다. 때때로 이런 유의 특이한 '문체'는 진정한 문체를 쟁취하지 못한 인간이 자기 문체의 결핍을 애써 감추기 위해 그 문장에 채택한 분장이다. 문장은 착색되고 과장되게 부풀려져 일그러진다.

예를 들면 이하라 사이카쿠井原西鶴(1642~1693, 에도 시대의 작가)의 현대어 역 풍 '문체'를 그러한 특이한 '문체'로 들 수 있다. "그 작가는 특이한 '문체'지만 양산量産(!)해 볼 만해" 같은 식으로 출판 저널리즘적인 소세계에서 이야기가 돌곤 하는데, 실은 그 특이한 '문체'야말로 양산을 위한 틀이다. 진정한 문체를 추구하며 무거운 저항을 거스르려는 노력 없이 틀에 박힌 듯이 소설을 써 나가는 행위는 적당한 재능만 있다면 결코 어려운 작업은 아닐 것이다.

게다가 틀로서의 특이한 '문체'는 그 작가의 약한 부분, 어설픈 부분에 대한 위장으로도 기능한다. 회화의 영역이라면 오렌지를 처음부터 삼각형으로 그리는 사람에 대해서 "그 삼각형이야말로 당신의 스타일이군요"라고 말하는 비평가는 없을 것이다. 그렇지만 문학의 영역에서는 종종 이와 유사한 일이 일어난다. 설령 문체 문제가 갖고 있는 본질적인 모호함·복잡함에도 책임의 일부가 있다며 정상 참작한다 하더라도….

작가에게 있어 문체란 언제나 충분히는 의식화할 수 없는 면이 있는 법이다. 여기에 문체 문제의 핵심에 관계되는 다양한 계기가 잠재해 있다. 작가가 의식적으로 어떠한 문체를 채택하려는 경우는 있다. 하지만 실제로 얻게 된 문체는 어느 지점에서인가 작가의 의식에 의한 기획을 초월하고 있다. 만약 초월하는 대신 그 기획의 범주 내에 위축되어 있다면 그것은 애당초 소설을 위한 살아 있는 문체가 될 수 없는 것이다.

최근에도 이따금 "나는 똑같은 문체를 다른 작품에 두 번은 사용하지 않아요. 항상 새로운 문체로 작업을 이어 가죠"라며 호언장담하는 야심적이고 방법 면에서도 어느 정도 의식적인 작가가 출현하는 경우가 있었다. 하지만 대개의 경우 그러한 작가의 문장은 오히려 다른 작품들 사이의 동공이곡同工異曲, 낡은 선율이 두드러지는 양상이 으레 관찰된다.

이는 그런 작가가 진정으로 의식화하고 있는 문체 감각은 그의 자만에도 불구하고 문체의 극히 적은 부분만 차지하고 있다는 것을 보여 준다. 그는 새로운 작품에 들어갈 때마다 그 의식화된 부분을 교환 가능한 부품처럼 교체할 수 있을 테지만, 실제로는 만약 그가 작가라는 이름에 걸맞은 사람이라면 그의 문체를 구성하고 있는 주요 부분은 보다 크고, 보다 무거운 법이다. 따라서 새롭게 획득한 문체가 전체적으로 본다면 오래된 문체와 매우 비슷해지는 결과가 발생한다.

더욱이 이렇게 의식적으로는 급진적이라 자부하는 문장가가 그 의식을 초월한 부분에서는 굉장히 진부한 정서형情緒型인 경우가 많기 때문에 대체로 그 문체는 그의 야심 찬 호언장담을 비참하게 배반해 버리게 되는 것이다. 나는 정말 누누이 그런 예들을 봐 왔다. 어쩌면 "나는 항상 새로운 문체로 새로운 소설을 쓴다"고 선언하는 작가는 애초부터 시대착오적인 감각밖에 갖추지 않았다고 공식화할 수 있을지도 모르겠다.

의식적으로 선택한 문체에 대해 보다 구체적으로 말하면 러시아어 문체를 어절의 분할이나 단어 수까지 계산에 넣어가며 번역함으로써 어떻게든 새로운 일본어 문체를 만들어 내려고 했던 후타바테이 시메이二葉亭四迷(1864~1909, 메이지 시대 소설가)와 같은 특별한 경우를 제외하면, 특정 기성 문체의 전거를 따르는 것이 일반적이다.

여기에도 우선 어린 시절부터 그 전거가 되는 문체가 작가를 사로잡고 있어서 리듬이나 어감이 거의 작가의 피와 살처럼 되어 있는 경우가 있다. 그래서 작가가 일단 문장을 쓰려고 하면 그 전거가 된 문체로만 표현 활동의 자유를 획득할 수 있는 경우가 발생한다. 그리고 또 한 가지의 경우는 의식적인 작가가 한 시대를 대표하는 거대 규모의 문체를 학습하고 그 문체에 따라, 마치 의고문擬古文을 짓듯이, 그 전거에 의거한 문장을 쓰는 경우가 있을 것이다.

첫 번째의 경우 영어권 작가들의 성서 문체가 가장 단적인 예임에 틀림없다. 두 번째의 경우라면 일본 현대 작가들이 고전 여류 일기 문학의 현대어 역 문체를 본뜬 작업이 떠오른다. 그런데 이러한 경우라도 작가가 자신의 의식하에 전거가 되는 문체를 선택하는 행위 이면에는 작가의 무의식 영역에도 그의 육체와 정신의 전적인 표현이 꽤 넓게 퍼져 있다는 사실도 보지 않으면 안 된다.

예를 들어, 윌리엄 스타이런의 『냇 터너의 고백』은 거의 영어판 묵시록에 가까운 문체로 쓰여 있다. 이는 묵시록에 사로잡힌 흑인 노예라는 인간의 이미지에 맞추어 작가가 창조한 문체이다. 동시에 그러한 흑인 노예의 문체를 묵시록 스타일에 수렴하도록 창조해 내려는 20세기 후반 백인 미국 작가의 육체와 정신의 실상에 직접 조명을 비추는 문체이기도 한 것이다. 그리고 후자의 의미 부여가 무엇보다도 가장 현실적이다. 왜냐하면 이 문체를 가지고 글을 쓰고 있는 주체는 말할 필요도 없이 작가 윌리엄 스타이런이기 때문이다.

가령 내가 지금 말하고 있는 문체의 의미 부여에 대해 일본 일기 문학 문체의 가장 타당한 작가의 소설을 구체적으로 생각할 경우, 그것은 일기 문학 문체의 그늘에 작가의 현실 풍모와 자세가 숨어 버리는 형태여서는 안 된다. 현대의 한 중년 남성 작가가 고대 여성으로 분장하여 텁석부리 수염을 분가루로 뒤덮고 기괴한 교태를 부리며 "지금 나는 헤이안 시대에 있어요! 당장에라도 마차에 탄 귀공자가 나타나 사랑의 시를 읊어 줄 거예요!"라고 간드러진 목소리로 자기 자신에게 말 걸고 있는 정경이 그 문체 자체로부터 투영되어 떠오르지 않으면 안 된다.

앨리스의 고양이 묘사하기

한편 나는 앞에서 작가가 새로운 작품마다 하나하나씩 새로운 문체를 고른다는 것은 알맹이가 텅 빈 흰소리에 지나지 않는다고 썼다. 그리고 지금은 이것과 완전히 모순되는 발언을 하는 형태로 한 걸음 더 나아가 보고자 한다. 엄밀히 말해 작가에게 있어 어떠한 문체라는 것은 특정 장편 소설에서 달성되면 그것으로 끝인 것으로, 다음 장편 소설까지 영향을 미치는 것이 아니라는 것 또한 내 생각이다.

작가가 소설을 쓰려고 한다. 그 애초의 시작 지점에, 이를테면 선험적으로, 하나의 문체가 존재하는 것이 아니다. 이것은 극히 당연한 이야기다. 앨리스가 이상한 나라에서 경험한 고양이의 웃음에 대해서 생각해 보자. 처음 발단에 고양이가 실재하고 그 고양이의 웃는 얼굴이 공간을 채운 후 고양이 실체가 소멸하여 결국 남는 것은 고양이 웃음뿐이다. 이와 반대로 고양이의 실체고 뭐고 아무것도 없는 곳에 고양이 웃음만이 출현하는 것이 아니다! 물론 문체의 인상은 종종 고양이 얼굴이 소멸된 뒤의 고양이 웃음처럼 우리들의 의식에 남는다. 그러나 실제로 소설을 쓰려는 과정에서 먼저 그러한 문체의 이미지가 있고 이어서 문장의 실체가 나타난다는 것은 물리적으로 있을 수 없는 일이다. 문장을 쓰기 시작하기 전에 작가의 뇌리에 어떤 특정한 문체의 감각이 선행하듯이 느껴진다고 하더라도, 이는 작가의 기분적인 환각에 지나지 않는다는 것이 내 경험에 입각한 결론이다.

작가는 문체에 관해 앞을 알 수 없는 커다란 불안에 휩싸인 채로 일단 새하얀 종이 한구석에 문장 한 줄을 쓴다. 이런 식으로 작가는 실제로 소설을 쓰기 시작한다. 그리고 소설 진행의 극히 초입 부분에서 앞서 말한 것처럼, 미궁의 입구에서 기다리고 있는 괴물을 방불케 하는, 매복하고 있는 짐승 즉 문체라는 마귀에 덥석 물려 버리는 것이다. 이놈은 애매하고 밑도 끝도 없으며 거무칙칙한 덩어리 같은 것으로 정체를 알 수 없다.

다만 작가 내부의 귀는 이 소름 끼치는 놈이 너무나 또렷한 소리로 "아니, 지금 네가 쓰고 있는 문장은 이 소설을 위한 문체가 아니야" 하며 완강히 부정하는 소리를 듣고, 작가는 방금 막 썼던 문장을 파기하지 않을 수 없는 자신을 발견하게 된다. 성가시게도 이 문체라는 마귀가 내지르는 목소리는 언제나 부정적이다. 이 목소리를 접하면 누구라도 방금 막 쓴 문장이 부정당해야 한다는 사실을 명료하게 이해한다. 하지만 같은 목소리가 "이거야말로 네가 쓰지 않으면 안 되는 문장 스타일이야"라고 적극적으로 말하는 일은 결코 없다. 그래서 문장을 쓰고는 파기하고, 새롭게 문장을 쓰고는 또다시 한번 파기하는 시행착오를 끝없이 반복하는 것에서부터 자기 소설을 시작하는 것 외에는 작가라는 직업상 절차가 성립하지 않는다.

그러나 이 문체라는 마귀도 정체를 파고들면 말할 것도 없이 작가의 의식 및 무의식 안에 잠재해 있는 존재이다. 작가 외부에서 이질적인 것이 개입하여 그의 문체에 대해 간섭하는 것이 아니다. 따라서 작가는 소설 입구부터 제자리걸음하게 만드는 문체라는 마귀를 자신의 내부에서 그 정체를 밝혀내어 파악할 수밖에 없을 것이다. 게다가 앞에서 말했듯이 이런 식으로 소설을 쓰기 시작하는 단계에 이르기 전에, 즉 선험적으로, 문체의 원리 혹은 문체의 이미지가 실재하는 것이 아니기 때문에 문제는 더욱더 풀기 어려워진다.

또한 애초에 문체 자체를 추상적으로 개념화하거나 설명, 해석하거나 하는 일은 불가능하다. 일단 문장이 쓰이고 그런 다음에 '저 문체는 이런 성격의 것이다'라며 굳이 개념적인 표현까지는 힘들더라도 적어도 하나의 문체의 존재감을 스스로 납득할 수는 있다. 실제로 시와 달리 소설이라는 산문에 관련해서 말할 때 우리는 그 실제의 문장을 기억하고 있는 것이 아니라 특정한 문체의 감각을 명백하게 그 소설과 그 작가의 본질로 파악하고 있는 것이다. 그렇지만 아직 무엇 하나 쓰지도 않은 단계에서 특정한 문체의 감각을 자기 소설의 모듈이라고 부르려는 듯 구체적으로 구상해 보는 것은 필시 해결될 것 같지 않은 상담이다.

더군다나 작가가 문체에 대해 의식적인 사람이라면 소설의 첫 몇 줄을 쓰기가 무섭게 "글렀어! 그 문장은 네가 지금부터 오랜 시간과 많은 품을 들여 써 내려가야 할 소설의 문체로서 자격이 없어"라고 명료하게 설득하는 목소리를 듣게 된다. 그리고 그 목소리를 좇아서 지금 막 쓴 문장을 파기하고 새로운 문장을 시도해 보는 외에는 작가의 소설 인생을 한 발이라도 앞으로 나아가게 할 도리가 없다. 그는 역시 또 문장을 쓰고 파기한다, 그리고 다음 문장을 쓰고 다시 파기한다….

그리고 운이 좋으면 일정 시간을 지나 비로소 작가 스스로 더 이상 파기하려고 하지 않는, 어느 정도 분량의 문장을 종이 위에 써 두었음을 알아차리게 된다. 이때 미궁 입구의 괴물을 쓰러뜨렸다, 혹은 괴물과의 협동으로 미궁 안쪽으로 한 발 들여놓을 수 있었다는 사실을 작가는 마침내 인정한다. 다만 작가 내부의 이른바 가상의 문체 감각과 문장을 쓰는 실천 행위가 어떤 식으로 타협점을 찾았는지는 작가 자신에게도 명확하지 않다. 눈앞에서 이렇게 타협이 이루어져 실제로 문장을 써 나가고 파기를 면한 이상 역시 가상의 문체 감각에, 실체는 있는 것일까? 있다고 한다면 그것은 구체적으로 어떤 유의 것일까?

현실의 시간과 소설의 시간

한편 나는 문학 특히 소설을 주제로 한 이 노트 중에서 「제1장 작가가 소설을 쓰려 한다」를 발표한 후 이 문제에 관심을 가져 준 시민운동 현장에 있는 벗과 토론을 하였다. 그 내용을 소개하면서 더불어 위의 명제에 대해 얼마간이라도 의미 확장을 나 나름대로 한정하는 시도를 해 보고자 한다.

나는 소설을 쓸 때 초입 부분의 불확실한 이미지를 언어를 통해 더듬거리며 찾아 나가는 작업에 대해 이야기하면서, 결국에는 다음과 같은 중요한 순간이 찾아온다고 썼다.

단어가 점차 쌓이고 쌓여 마침내 문장으로 표현된 작중 인물이 주체가 되어 맞닥뜨리는 그의 경험이, 애초에 작가 자신의 내부에 있는 그 단서가 가진 감각의 무게와 확장에 조응한다고 느껴질 때, 비로소 한 단계가 끝을 맺는다.

나의 벗은 자신은 문학과는 동떨어진 사람이라 이런 질문이 요점을 벗어나지 않았는지 걱정하며 물었다.

여기서 자네가 "애초에 작가 자신의 내부에 있는 그 단서가 가진 감각"이라고 할 때, 이 문맥에 한정해서 보자면 이것이야말로 선험적으로, 자네가 소설을 쓰기 전에 그 감각을 갖고 있다는 것이고 그 말인즉슨 소설을 쓴다는 행위와는 별개로, 자네 내부에 파악되고 있는 것, 이라는 식으로 해석이 되네만. 그래서 이 감각이라는 단어를 좀 더 넓은 의미로 확장해서 생각해 보면 자네의 말대로라면 소설을 쓰기 전에 이미 일체가 존재하고, 소설을 쓴다는 것은 그런 사전에 존재하는 것과 등가의 것을 종이 위에 실현하는 것일뿐이다, 라고 이해되는군. 하지만 그건 그런 게 아니지 않나?

나는 우선 벗의 지적이 옳다고 인정했다. 확실히 소설을 쓴다는 것은, 그것을 쓰기 전에 작가 내부에 이미 존재하는 것을 그대로 종이 위에 써서 표현하는, 그런 작업이 아니다. 사르트르가 상상력의 기능을 다른 의식 영역의 기능과 구별 해서 명료히 생각해 보려고 한 연구에서 사용하고 있는 용어를 빌리면, 소설을 쓴다는 것은, 이미 작가 의식 내부에 존재하는 것의 등가물等價物(équivalent)을 문장을 통해 완성하는 그런 작업이 아니다. 그리고 나의 벗은 말했다.

그렇지? 그렇지 않다면 소설을 쓴다는 것은, 본질적으로 창조의 행동이 아니게 되니까 말이지. 또 그렇지 않다면 자네라는 한 작가가 소설을 쓰는 행동을 통해서 다름 아닌 자네 자신을 바꾸어 가는 것도 있을 수 없는 일이 되어 버리니까. 실제로 그렇지 않으면 안 되네. 이 점에서 자네의 논증은 불충분하군.

나는 이를 듣고 벗에게 다시 설명했다. 우선 이런 식으로 말했다.

맞아, 그런 점에서 나는 지금 내 논증을 새로 검토하지 않으면 안 돼. 그래서 지금까지 일부러 포함시키지 않았던 것, 즉 시간의 과제를, 여기에 도입하지 않으면 안 된다네….

여기서 말하는 시간은 일반적인 소설론에서 흔히 보는 시간에 관한 논의와는 상이한, 즉물적 의미의 시간이다. 다시 말해 작가가 소설을 쓰면서 현실에서 경험하고 있는, 바로 물리적 시간이 문제인 것이다. 앞서 들었던 내 생각에는 내가 그렇게 표현을 암중모색하는 동안의 현실적 시간이라고 하는, 또 하나의 계기가 도입되어 있지 않았기 때문에 단순화되고 단락적短絡的으로 되었던 것이다. 그 결과 작가와 말, 이미지와의 관계는 작가의 능동적 작용 쪽으로만 한정되어 일면적이다. 여기다가 시간의 계기를 끌어들여 내 논증을 입체화하고 구조적으로 만드는 작업이 실로 필요하다.

언어를 통한 암중모색

처음에 작가가 언어를 통한 암중모색을 하고 있다. 이때에도 역시 작가의 현실 시간은 흘러가고 있고 이렇게 언어의 암중모색을 하면서 작가는 현실 세계를 경험하고 있는 셈이기도 하다. 특히 현실 세계의 경험 축에는, 작가가 실제로 그 시간에 의식을 집중시키고 있는, 다름 아닌 암중모색을 위한 언어가 있다는 사실도 또한 주목하지 않으면 안 된다.

작가는 암중모색을 한다. 언어를 통해 암중모색을 한다. 암중모색을 하는 어둡고 깊은 심연에 있는 대상이 점차 교체되고, 결국에는 언어의 더듬이가 핵심에 다다른다. 이 언어의 더듬이는 암중모색의 유일한 지원 부대이다. 그리고 이와 동시에 작가가 암중모색하고 있는 동안, 바로 이 암중모색 자체에 의해서, 암중모색하는 작가 자신이 새로 만들어지기도 하고 심화되기도 하는 것이다.

다시 한번 확인해 두지만 언어에 의한 암중모색이라는 것은 '애초에 작가 자신의 내부에 있는 그 단서의 감각'에 언어 표현으로서 équivalent한 외재물(단어·구·절·문)을 문학적 카탈로그에서 찾아내는, 그런 정적인 것이 아니다. 자연과학이나 사회과학 논문에는 수식과 같은 성격의 문장이 보인다. 그 문장이란 과학자가 머릿속에서 밝혀내 완성시킨 것을 제삼자에게도 전달할 수 있도록 문자로 써서 표현한 것에 지나지 않는다. 문자로 표현하는 단계에서 문자(단어·문장)의 저항으로 인해 과학자의 머릿속에 그리고 있던 것이 혹시나 변형되거나 한다면 이는 가당치 않은 일이다. 설계도대로 건축하는 것이 곤란하다고 해서 제멋대로 설계를 변경해 버린 목수를 건축가가 용인하기 어렵듯이, 과학자는 자신이 고안해 낸 것을 완전하게 기술하지 못한 문장을 고찰의 전체 표현이라고 부르는 것을 주저할 것이 분명하다. 더군다나 이 문장이야말로 자기 자신이며, 자기 자신을 초월한 것이기도 하다는 식으로 인정하는 일은 결코 있을 수 없다.

단순히 과학자의 문장뿐만 아니라 문학자의 비평적 산문에도 때때로 비슷한 성격이 보인다. 사르트르의 논문은 실로 이러한 문장으로 쓰이는 경우가 많았다. 현대 프랑스어 세계에서도 말이 독립하여 살아 있는 것처럼 하나의 단어가 다음 단어를 낳는, 알랭의 산문과는 대체로 이질적인, 말하자면 의지를 통해 엄중히 통제되고 관리되는 산문이 사르트르의 비평적 산문이었다. 그렇기는 하지만 사르트르가 소설을 쓰지 않게 되고 나서부터는 오히려 반대로 그의 비평적 산문의 언어 기능이 소설의 언어 기능과 비슷해졌다는 것도 여기에 덧붙여 둔다.

언어를 통해 작가가 암중모색을 한다. 암중모색하는 작가의 내부에서 언어를 통한 암중모색이라는 행위action 그 자체로 인해 작가 자신은 변화해 간다. 언어란 이처럼 실천적인 힘을 갖고 있는 불가사의한 방법=대상이다. 언어를 통해 암중모색을 이어 가는 작가의 내부에서 "애초에 작가 자신의 내부에 있는 그 단서의 감각" 자체가 변화해 가는 것이다.

그러므로 마침내 마지막에 종이 위에 정착한 문장이 처음에 의도했던 "애초에 작가 자신의 내부에 있는 그 단서의 감각"의 équivalent라는 것은, 이를테면 물리적으로 불가능하다고 말하지 않는다면 정확하지 않다. '그 단서의 감각'이란 보다 깊이 작가의 본질적 내부에 맞추어 말하자면, 의식 가능한 것과 의식을 초월한 것을 포함하여 작가가 자각하는 (앞에서도 종종 이런 유의 다의적인 말투를 써 왔지만, 소설의 실질이란 측면에서 말이라는 것이 이렇듯 다의적인 것의, 다의적인 채로의 통합을 가능케 한다) 작가 자신의 존재감과 다름없다. 이러한 존재감은 인간 원래의 존재와 마찬가지로 시간의 축과 관련되어 있다. 시간 진행과 무관계로 실재할 수 있는 인간으로서의 존재감 따위는 있을 수 없다. 시시각각 인간은 그 존재감을 갱신한다. 존재감은 오래 지속되는 것이 아니다. 항상 새로우며, 한편으로 그 인식 순간을 초월하여 다음 순간으로 늘 새로이 존재감을 선택하면서 살아가는 것이다.

그렇기 때문에 지속적으로 언어를 통해 암중모색을 행하는 것은 해당 언어를 통해 작가가 그 존재감을 항상 암중모색하고 있다는 것과 같다. 더욱이 언어를 통한 암중모색이라는 행위 자체로 인해 작가의 존재감의 질, 자각되는 강도가 계속 갱신되고 있다는 것도 주목할 만하다. 이러한 역학 관계가 가능하기 때문에 특정 경우 작가가 소설을 쓴다는 것은 격렬히 현실을 살아간다는 것을 의미할 수도 있다.

그리고 언어를 통한 암중모색은 마침내 작가가 그 순간에 구하고 있는(구하고 있었던이 아니라) 존재감과 맞닥뜨린다. 이때 존재감이라고 하는 육체와 의식 양쪽에 걸친, 개념적 표현으로는 설명하기 힘든, 너무나도 불가사의한 것이 표현을 통해 실로 그 표현과 딱 들어맞는 실질을 부여받아, 비로소 객관화한다. 그러고 나서 신기한 이국의, 그렇지만 확실히 포획한 야생동물처럼, 작가 앞에 모습을 드러낸다. 이렇게 하고 나서야 비로소 작가가 소설을 쓰는 행위는 현실에 존재하기 시작한다. 또한 소설을 쓰는 인간으로서 작가가 본질적인 존재감을 상실하는 일 없이 실재하기 시작하는 것이다.

이 지점에 새롭게 출발점을 정하면 정적이지 않은 문체의 문제는 보다 명료하게 전체 움직임을 파악할 수 있을 것이다. 위에서 말한 입장에서 보면, 문체란 바로 존재감이 살아 움직이는 양식이기 때문이다. 언어를 통한 암중모색에 의해 분명해지고 명확하게 포착된 작가 자신의 존재감을 다시 한 번 문장 속을 흐르는 시간의 축 위에 올려놓는다. 하나의 시간의 맥락 속에 놓아 본다. 이때 작가가 시간 축 위에 살아 있다는 것은 작가의 존재감 역시 항상 다시금 확인받으며 시간의 흐름 속에서 생물처럼 실재하지 않으면 안 된다는 것을 의미한다. 그 존재감의 시간 축에 의거한 움직임을 따라가다 보면 점은 선이 된다. 즉 인간 행동의, 존재감의 깊이에 대한 궤적이 문장을 통해 드러난다. 이것이 바로 문체이다.

가짜 작가는 쉽게 쓴다

표현 하나를 둘러싸고 작가가 내면의 모호한 어둠을 탐색하고 있다. 나는 그 단계의 분석에서 이 암중모색이 어떤 것에도 닿지 않을 때, 이는 그의 표현이 존재감의 뿌리를 건드리지 못하는, 공허한 말임을 보여 주는 것이라고 말했다. 더욱이 작가가 그 공허한 말을 굳이 소설을 구성하는 요소의 표현으로 쓰고자 한다면, 작가는 자신의 내면에서 거부의 목소리를, 그 정도까지는 아니더라도, 혐오의 외침 소리를 들을 수밖에 없었다. 적어도 이런 식으로 문장을 계속 써 내려가면서 위화감이라는 틈새 바람에 시달려야만 했다. 그리고 작가는 '나는 정말 중요한 것은 아무것도 쓰지 못했다'라는 궁극의 공허함에 사로잡힐 뿐이었다. 이것이야말로 작가가 인간으로서의 존재감이 부당하게 무시당한 것으로, 그는 가련하게 항의하고 있었다. 또한 소설을 쓰는 작업이 언어를 통해 자신의 존재감의 뿌리에 도달하려는 시도임에도 불구하고 애초부터 그 시도를 포기해 버렸다. 더군다나 '소설'을 쓰고 있다는 행위 전체의 기만성 자체가 숨길 수 없이 자각되고 있었다.

문체에 관해서도 사정은 마찬가지다. 어쩌면 보다 더 명확하기까지 하다. '이것은 나를 위한, 나의 소설을 위한 문체가 아니다'라는 내면의 목소리로 인해 소설 작업을 시작한 지 얼마 되지 않아 벽에 부딪쳐 버렸을 때, 작가는 존재감의 뿌리로부터 거부당하는 경험을 하고 있는 것이다. 반대로 말하면 '그런 문장으로는 너 자신의 존재감을 구축할 수 없다, 너

2. 말과 문체, 눈과 관조 67

는 지금 진정 그 작업으로 살아가려는 게 아니다, 모든 것이 헛수고이자 허무하디 허무한 어둠 속의 헛발질이다'라는 빨간불을 경험하고 있는 것이다. 이러한 거부·헛발질임을 나타내는 신호를 자신의 내면에 강력하게 환기시키지 않는 사람은 이렇다 할 어려움 없이 소설을 써 내려갈 수 있을 것이다. 하지만 그러한 사람은 그가 만약 작가라고 불리더라도, 무릇 문체에 대해서는 둔한 감각밖에 갖지 못하는, 가짜 작가일 수밖에 없다. 그의 작품에도, 나아가 그의 존재에도 본질적인 발전이란 있을 수 없다.

이 단어는 정치적 공간에서 주로 사용되며 다수에 의해 부여된 다양한 의미의 불순물을 포함하고 있지만, 내 벗의 표현 중에서, 새삼 '변혁'이라는 말을 빌려 온다면, 이러한 가짜 작가는 소설을 쓰는 작업을 통해 그 자신을 변혁하는 일은 없을 것이다. 반면에 작가가 자신의 존재의 뿌리에 접하면서 그 존재감의 action을 쫓아가듯이, 즉 그의 독자적 존재 스타일을 바탕으로 언어를 구축해 간다면, 소설 창작은 격렬한 긴장감 속에 자신의 존재를 세상에서 가장 거친 줄에 집중적으로 쓸음질하는 시간이다. 이렇게 표현하는 것이 너무 거창하게 들린다면, 소설을 쓰기 위해 서재에 틀어박혀 있는 동안 작가는 결코 현실의 갈등에서 벗어나 있는 것이 아니라고 말하는 것만으로 충분할 것이다. 그는 리얼리티의 근간과 관계를 맺으면서 긴장하고 집중하여 그 시간을 관통하는, 자신의 존재감의 뿌리와 정면으로 마주하고 있다.

작가는 소설이라는 미궁의 입구에서 매복하고 있는 괴물한 마리를 그 소설에서 작가 자신의 존재감의 행동법, 즉 문체를 파악함으로써 간신히 극복한다. 여기에 더하여 문체의 실체를 매번 새로 선택하는 방식으로 소설을 전개해 나갈 때, 모든 조건이 갖추어진다면, 작가 자신을 단적으로 극복할 수 있는 비약의 순간이 찾아온다. 작가가 일단 획득한 문체라는 도르래를 타고 그 소설을 마치 자동 기계처럼 진전시킬 수 있다는 뜻은 아니다. 오히려 정반대로 작가의 육체와 의식이 존재감의 뿌리 가장 가까운 곳까지 내려가서 철저히 각성하고 해방되어 자유롭게 운동할 때, 작가는 그 소설의 세부 하나하나가 자신의 존재감을 검증하는 데 확실하게 반응하고 있음을 느낀다.

그는 이러한 충만한 성취감과 더불어 문체의 운동을 추진한다. 바로 이 문체의 운동이 또한 작가의 육체와 의식의 자유를 지탱하고 있다고도 할 수 있을 것이다. 그리고 작가는 소설을 기획할 무렵의 정지된 상태에서 상상력의 한계를 확실하게 뛰어넘은 비전을 본다. 그 비전은 작가의 눈앞에 전설 속 무시무시한 석상처럼 우뚝 솟아 있고, "지금 막 이 비전을 본 너는 이전의 네가 아니다"라며 큰 소리로 말한다.

그런 비전이 작가를 변혁시킨다.

작가가 소설을 완성하였을 때, 그의 소설 내부는 그렇게 시간과 관계 맺으며 자신의 존재감의 뿌리에 육박했던 드라마를 현재로서 남겨 두고 있다. 현실의 모든 진짜 경험과 마찬가지로, 작가는 두 번 다시 동일한 경험을 하지 않는다. 그 소설의 문체는 작가 스스로 의도하더라도 다음 소설에서 모방할 수 없다. 그것이 소설을 쓰는 작가의 현재의 존재감의 뿌리와 확고히 얽혀 있는 작업의 운동 궤적이라면.

확실히 문체는 그러한 육체와 정신의 운동 양식이다. 그러나 그 양식을 성립하게 만드는 가장 중심적인 성격은 대단히 본질적이면서 동시에 언제나 단 한 번뿐이라는 것이다. 이는 작가에게 그의 생명이 지속되는 순간이 그의 본질 그 자체이자 동시에 일생에 단 한 번뿐인 것과 마찬가지다. 그래서 자신의 문체를 진정으로 파악할 수 있는 작가라면 다시금 새로운 소설의 카오스에 직면할 때마다 초입부터 그를 기다렸다 격퇴시키려는 문체라는 괴물과 새로운 격투를 치르지 않으면 안 된다.

문체라는 문제, 그것은 항상 새로운 현재의 문제이다. 작가 자신의 존재감이 그러하듯 문체는 작가에게 지금의 문제일 수밖에 없다. 그리고 독자가 상상력을 자유로이 해방시켜 하나의 소설과 마주했을 때, 그것이 진정한 문체를 갖춘 소설이라면, 다름 아닌 그 문체야말로 독자의 바로 현재의, 독자 자신의 존재감에 육박해 오는 임팩트가 된다. 이미 영원히 잃어버린 줄 알았던, 작가가 자신의 존재의 뿌리에 관여하면서 경험한 그만의 본질적이면서 동시에 일회적인 현재가, 독자의 상상력의 세계를 충족시키는 본질적이면서 동시에 일회적인 현재로 재현된다. 이로 인해 독자 역시 현재라는 시간을 통해서 자기 자신을 변혁할 수 있을지도 모른다. 실로 현재라는 것은 무릇 온갖 것들이 일어날 수 있다는 조건이 부여되는 시간이 아닐까? 적어도 상상력을 자유롭게 해방시키고 있는 인간이 진정한 현재를 인식했을 때의, 그러한 지금이라면….

세상을 관찰하는 '눈'의 도입

이쯤에서 소설이라는 미궁의 입구에서 기다리고 있는 또한 마리의 괴물을 향해 가 보도록 하자. 여기서 내가 살피고자 하는 것은 앞에서 언급했던, 소설에서 어떤 입장의 시점을 선택할 것인가, 라는 것과 미묘하게 다르면서도 미묘하게 겹치기도 하는 '눈眼'의 도입 문제이다. 우선 시점에 대해 반복하자면, 작가는 이것을 고를 때 어떻게 하면 '인간의 상상력이 가장 자유롭게 해방될 것인가'라는 조건에 맞추어 자기 소설의 시점을 고를 수 있다고 나는 생각한다. 이렇게 해서 하나의 시점을 선택하고 소설을 쓰기 시작한다. 그리고 바로 "그 시점은 글러 먹었어! 그 시점으로 가는 한 네 소설은 어떤 것도 이룰 수가 없어!"라는 목소리에, 그러니까 소설이라는 미궁 입구의 괴물 목소리에 일격을 당하고, 몹시 우스꽝스런 몰골로 끝없이 괴로운 답보 상태가 시작되는 것이다.

여기서 나는 이 문학에 관한 노트를 한 명의 작가로서의 개인적 경험을 투영하면서, 소설을 쓰는 책상 위의 보고서처럼 쓰고 있다는 것을 다시 한번 말해야겠다. 나의 소설에서 하나의 시점을 고른다는 것은 어느 특정한 '눈'을 소설 세계에 도입한다는 것이다.

어떤 뚱뚱한 중년 남성이 있다, 그는 은신처의 총안銃眼 같은 창을 통해 바깥을 보고 있다가 우연히 상처 입은 청년이 습지대에서 도망쳐 오는 것을 보았다, 라는 식으로 내가 소설을 쓰기 시작한다고 하자. 나는 이 소설의, 적어도 이 뚱뚱한 중년 남성이 등장하는 장면에서는 이 남성의 시점으로 모든 것을 보기로 선택한 것이다. 게다가 내 소설은 대부분 단수 시점으로 진행된다. 이 경우에도 내가 이 시점을 고른 것은 소설 전체에 있어 그 시점을, 나아가 그 '눈'을 가진 사람을, 소설을 위해 선택하여 도입했다는 것을 의미한다. (다중 시점의 구조에 대해서는 특히 노마 히로시野間宏의 전체 소설의 특별한 의미와 큰 성취에 대해 향후 생각해 볼 것이다.)

앞서 언급했던 소설이라는 미궁 입구에서 들리는 괴물의 목소리는 작가인 내 귀에 "그 '눈'은 글러 먹었어! 그 '눈'으로 가는 한 네 소설은 어떤 것도 이룰 수가 없어!"라고 으름장을 놓고 있는 것처럼 무섭도록 우울한 울림을 전하기도 한다. 이렇게 부연하는 편이 내가 느끼고 있는 것을 보다 명료하게 전달할 수 있을 것이다.

덧붙여 나는 한 가지 반론의 가능성을 피할 수 없을 듯하다. 시점의 설정='눈'의 도입이라고 하면, 그건 괜찮아, 하지만 시점을 선택한다는 것은 자유로운 행위 아니었나? 더욱이 그 시점이란 것은 가령 개의 시점, 개의 '눈'의 도입이라고 해도 좋을 정도로 자유로운 것, 그러니까 이 현실에 뿌리를 둘 필요가 없는, 있는 그대로 말하면, 완전히 가공의 시점인 것 이잖아? 그렇다는 것은 바로 작가 자신의 시점과 같다는 것 아닌가? 어째서 자신의 시점을 설정하는데, 자신의 '눈'을 도입하는데 곤란을 느낀다는 거지?

사르트르가 신의 시점에 대해 프랑수아 모리아크를 비판했던 사실로 돌아가서, 나는 일찍이 프랑스 철학 연구자인 친구로부터 거의 동일한 성격의 질문을 받은 적이 있었다.

"사르트르도 한심하기는! 신의 시점을 이끌어 내는 것이 나쁘다고 하더라도 그건 결국 모리아크의 시점 아니냔 말이지. 실제로 사르트르는 신의 존재를 믿지 않잖아? 그러니까 사르트르에게는 애당초부터 모리아크의 시점 말고 다른 것은 보이지 않는 것이란 말이야. 이래서 논의가 성립하겠나?"

나는 친구에게 "확실히 자네 말이 맞아. 신을 믿지 않는 사람은 신을 부정할 필요조차 없고, 또 효과적으로 부정할 수도 없을 테지."하고 대답했던 기억이 난다. 하지만 그 당시 나는 시점에 대해 혹은 소설에 '눈'을 도입하는 의미에 대해 제대로 생각하지 않았다. 적어도 소설을 쓰는 사람으로서, 한 명의 작업 중인 작가로서 특정 시점을 자신의 글을 위해 선별하는 고생을 하면서, 그 하나의 '눈'을 도입하는 행위의 의미에 대해 생각해 보지 않았던 것이다.

우선 나는 이러한 수정을 바탕으로 다시금 시점의 설정, '눈'의 도입에 대해 검토를 시작해야 한다. 확실히 모리아크가 쓴 소설의 시점은 모리아크 자신의 시점이다. 그러나 모리아크가 신을 믿고 있다고 한다면 그것은 또한 신의 시점이기도 한 것이다. 그리고 이렇게 이중성이 일어나는 이유는 모리아크가 다름 아닌 소설을 쓰고 있기 때문이다. 다시 말해 모리아크는 그의 '눈'을 직접 소설 속에 이입시키는 것이 아니라, 소설 세계에 어떤 하나의 '눈'을 창조하는 것이다.

이 '눈'은 모리아크의 '눈'인 동시에 그의 상상력이 만들어 낸 신의 '눈'이다. 실로 소설의 '눈'의 도입이란 이러한 심오한 차원의 복잡한 절차를 환기시키는 창작 활동의 근간이 되는 것이다.

소설 외 다른 산문의 경우에는 사정이 다른 것이 당연하다. 실제로 모리아크는 만년의 일기에서 자기 영혼의 코앞까지 임박한 죽음의 불안에 대해 굉장히 적나라하게 반복적으로 토로하고 있는데, 신을 향한 그 자신의 시점을 통해서만 쓰고 있을 뿐이다. 즉 그의 시점 외에 신의 시점, 신의 '눈'을 원용하는 방식으로는 단 한 줄의 산문도 쓰지 않았다. 정말로 소설이란 이처럼 기묘한 형태로 작가의 육체와 의식에 관여하는 것이다. 시점, '눈'이라는 과제가 이를 날카로운 칼날에 베인 상처처럼 금세 선명하게 드러낸다….

작가가 소설을 쓰기 시작하면서 어떤 시점을 고르고, 하나의 '눈'을 도입한다. 자유롭게 선택한 것은 물론 작가이지만 일단 설정한 시점, 도입된 '눈'은 소설이라고 하는 반反·현실적인 특별한 세계에 있으므로 작가로부터 독립된 권위를 갖기 시작한다. 작가는 그 시점, 그 '눈'을 가진 인물을 작가의 일방적 의지대로 전면적으로 통제할 수는 없다. 작가가 억압의 힘을 휘두르려 할 때 소설 속에서 방금 막 생겨난 시점은 완전히 사라져 버리고, 새로운 '눈'은 닫히게 되며, 소설은 죽는다.

여기서 소설의 시점으로 개의 시점을 선택했다고 해 보자. 말하자면 세상을 관찰하는 '눈'을 가진 개가 소설에 도입되어 온갖 풍경·사물·인간은 지상 삼십 센티미터 높이를 색채 감각 없이 움직이는 개의 '눈'을 통해 보게 되는 것이다. 작가는 이 시점에 따라 문장을 써 나가면서 어떤 식으로 관찰하고 어떤 식으로 사고할까? 작품 속의 개를 따라다니며 복화술사처럼 가짜 개의 목소리로 무언가를 떠들고 있을 수는 없다. 그렇게 하면 드물게 '눈'으로 소설에 등장한 개는 그저 어리석은 봉제 인형 같은 존재로 전락해 버리고 만다. 개의 시점을 만들어 내고 개의 '눈'을 도입함으로써 완전히 새롭고 독특한 관조의 세계를 열 수 있었던 작가는 비참하게도 보잘것없는 나르시스트가 되어 소설을 창조하는 대신에 수십 페이지의 장황하고 설명적인 수다를 늘어놓는 것으로 끝나 버릴 것이다.

소설은 '관조'를 타인에게 전달 가능하다

이 관조야말로 다름 아닌 독자적인 시점의 설정이고, '눈'을 도입함으로써 가장 단적으로 작가에게 주어지는, 작가 자신을 넘어선 세계를 창조하는 열쇠이다. 나는 이 생각을 내 소설관의 근본적인 핵심으로 삼고 있다.

르 클레지오의 소설 『조서調書(Le Procès-Verbal)』는 바로 한 작가가 독자적인 시점을 만들어 내고 독자적인 '눈'을 도입할 때, 자신뿐만 아니라 타인이 여태껏 경험한 것을 넘어서는 새로운 진실의 관조의 세계를 소설에서 성취할 수 있다는 것을 보여 준 것이다. 게다가 그 관조의 세계는 충분히 상상력을 갖춘 인간이라면 어떤 타자에게도 전달할 수 있는 열린 관조의 세계이다. 『조서』에서 르 클레지오의 시점을 부여받아 그 '눈'이 된 인물은 아담이라는 이름이 붙여졌는데, 우리는 그의 '눈'과 함께 마치 자신이 바로 지금 이 세상에 만들어진 최초의 인간인 것처럼 모든 것을 완전히 새롭게 볼 수 있다. 여기에는 그야말로 본질적인 의미의 새로운 관조와 진정한 경험이 생겨나, 소설과 우리가 실제 살고 있는 안팎의 두 세계를 이어 주고 있다.

지금 나는 관조라는 말을, 한 인간이 자신의 존재감에 깊이 뿌리박은 채 사물을 보는 행위action라고 뜻매김하고 싶다. 여기서는 한 인간이 자신의 존재의 뿌리를 향해 침잠해 가는 방향성, 즉 내면으로 향하는 벡터와 그의 눈이 구체적인 사물을 응시하는 바깥으로 향하는 벡터, 두 가지 의식의 작용 action이 하나로 합쳐진다. 소설 속에서 '눈'의 역할과 실체를 부여받은 남자가 태양·바다·해변·오두막·뼈만 남은 물고기를 보고 있다. 문장을 통해 그의 바깥으로 향하는 시선을 집요하게 따라가는 것이 그대로 남자의 내면을, 그 육체의 열기와 내장을 순환하는 피의 움직임 하나하나를 모두 담아내듯 표현하고 있다.

이렇게 '사물'을 바라보는 행위, '사물'을 바라봄으로써 비로소 존재감이 확인되는 형태로 '사물'을 바라보는 행위. 나는 이러한 행위를 바로 관조라고 부르는데, 현실 세계에서는 그렇게 '사물'을 보고 그렇게 자신의 내면에, 시시각각 자신의 존재의 뿌리를 확인하는(항상 새롭게 그것을 만들어 내는, 그것조차도 포함하는) 관조의 행위가 그 관조자 자신의 의식에 뚜렷하게 자각되는 경우는 있을지언정, 타인에게 그것이 전달되는 것은 불가능하다. 발화를 통해 그 관조의 결과를 보고할 수는 있다. 그렇지만 그 관조 한가운데에서 관조의 본질을 형성하고 있는 것은 관조의 행위action 그 자체이다. 내가 존재감의 뿌리라는 말로 불러온 것들도 실제로는 관조 행위의 실체로서 인간이 자각하고 경험한다고 할 수 있을 것이다.

현실 세계에서는 전달할 수 없는 그 관조의 행위를 소설 세계에서 실현한다. 게다가 충분히 상상력을 발휘하는 한, 어떠한 타인에게도 전달할 수 있는 열린 형태로 달성한다. 이토록 어려우면서도 열정을 불러일으키는 시도야말로 진정한 작가가 소설에서 지향하는 모험이 아닐까? 나는 문득 다시 한번 사르트르의 말이 뜻밖에도 가까운 곳에서 울려 퍼지는 것을 느낀다. "언어에 포함된 정보가 아닌 것, 혹은 비정보의 부분을 개척하면서 '체험한 세계 속 존재'라는 전달할 수 없는 것을 전달하고…", '체험한 세계 속 존재'란 관조의 행위=실체일 수밖에 없을 것이다. 그리고 내가 앞서 말한 어떤 독자적인 문체의 파악을 통해 거기에 도달할 수 있는 가능성이 있는 높은 비전이라는 과제도 이것과 맞물려 있을 것이다.

작가는 이러한 관조의 행위를 실현하기 위해 '눈'을, 독자적인 관조를 위한 '눈'을 가진 인간을 만들어 내고자 한다. 그런 눈을 가진 존재라면 개라도 좋고, 심지어 물고기라도 상관없다. 이것이 바로 소설의 시점 설정이리라. 소설에서 이러한 시점은 무기적인 렌즈의 설치로는 만들어 낼 수 없다. '눈'을 갖춘 육체와 의식을 소설 세계에 현실화함으로써만 비로소 그것이 가능해진다. 그리고 그것은 작가가 자신의 육체와 의식의 전부를 쏟아부어 만들어 내는 것이지만, 동시에 그것으로부터 확실히 독립된 것이어야 하는, '눈'을 갖춘 육체와 의식인 것이다. 그렇기 때문에 작가는 자신이 의식적으로 만들어 낸 대상인 동시에 자신을 넘어선 독립적인 존재인 소설의 성취를 기대할 수 있고, 그 창작 행위의 시간 속에서 자신이 지금 만들고 있는 소설에 자신을 변혁시키는 힘의 관계 역전도 자연스러운 경험으로 맛볼 수 있다. 그렇게 현실 세계 밖에서 가장 깊고 구체적으로 현실에 관여하면서, 진정 으로 살아가는 것이 작가에게 가능해지는 것이다.

그리고 소설의 본질적인 비밀과 관련된 가장 근본적인 토 대 만들기가, 구체적으로는 시점의 설정, '눈'의 도입이라는 과제로서 작업을 시작한 작가 앞에 가장 먼저 나타난다. 또 한 시점의 설정, '눈'의 선택에 있어서 작가는 다른 사람이 쓴 소설뿐만 아니라 그가 지금까지 쓴 소설을 모방할 수도 없으며, 어떤 시점을 설정하고 어떤 '눈'을 도입할 것인지에 대한 작가의 선택은 불안하게도 완전히 자유롭다….

따라서 말, 진정한 말을 찾아내는 것, 그 행위action의 양식 으로서 진정한 문체의 파악, 그리고 이와 연관된 비전의 전 개라는 것, 독자적이고 유일무이한 '눈'을 찾아내는 것, 그 '눈'의 빛에 비추어지는 전례 없는 관조의 행위를 표현하는 것은 소설의 본질을 관통하는 대들보처럼 교차하면서, 작업 을 시작한 작가를 매복해서 기다리고, 거부하며, 때려눕히는 소설의 미궁 입구에 있는 두 마리 괴물이 된다.

그러나 이 괴물들과의 의식과 육체를 건 투쟁만이, 지극히 보잘것없는 평균적인 인간에 불과한 작가가 자신을 넘어서, 상상력을 충분히 갖춘 사람이라면 어떤 사람에라도 전달할 수 있는 계시를 현실화할 수 있는 유일한 계기라고 한다면,

달리 빠져나갈 구멍은 존재하지 않는다. 그래서 우울하고 무
거운 저항감에 시달리고, 확실한 단서, 명료한 통찰로 스스
로를 고무시키지도 못하지만, 작가는 소설을 계속 써 내려간
다….

3. 표현의 물질화와 표현된 인간의 자립

시, 에세이 그리고 소설

한 작가가 소설을 쓰다가 방금 쓴 몇 페이지를 파기해 버린다. 그가 그렇게 할 때 항상 확신을 가지고 있다는 것은 어떤 작가의 경우에도 있을 수 없는 일이다. 소설이라는 것 자체가 근본적으로 대단히 불확실한 것이기 때문이다. 그러나 작가로서 나의 경험에 비추어 말하자면, 그렇게 쓴 몇 장의 글에 대해 작가가 분명하게 객관적인 비평성을 가질 수 있는 경우도 더러는 있다. 즉 확실히 이것은 폐기해야 한다고 결심할 수 있는 몇 가지 경우가 있는데, 이에 대한 생각을 전개하는 것은 실제로 소설을 계속 쓰는 사람의 자기 검열의 역할도 할 것이다. 이 경우, 다름 아닌 장편 소설을 쓰고 있는 나 자신이 해당된다.

단, 그 전에 작가가 방금 쓴 몇 페이지를 다시 읽으려고 할 때(그것은 문장을 수정하는 단계로 발전하고, 이어서 교정지를 수정하는 단계까지 이어진다) 온몸에 일어나는, 간 질환으로 인한 무기력증 같은 저항감과 싸워야 하는 이유를 명확히 파악하는 것부터 시작해야 한다. 왜냐하면 그 저항감은 일생에 한두 번, 소설을 습작해 본 사람들도 경험할 수 있기 때문이다. 이 과제는 매우 광범위하게 일반화할 수 있다.

또한 에세이나 시를 쓸 때, 책상 위 노동에 포함되는 여러 감각과도 다른 것 같다. 만약 그 감각을 구체적으로 파악할 수 있다면, 나는 그것을 통해 지금 소설과 에세이 혹은 시 사이에 분명한 경계선도 그을 수 있을 것 같기 때문이다. 다만 이는 시란 무엇인가, 에세이란 무엇인가, 하는 식으로 이론을 정립해 나가면서 그 경계를 명확히 하려는 것은 아니다. 나 자신이 어쨌든 시라고 생각하는 것을 쓰고 에세이를 쓰는 데 있어서, 스스로의 경험에 입각하여 그 노동의 감각이 어떻게 다른지 보여 주고 싶은 것이다.

우선 시에 대해 말하자면, 나에게는 오히려 한 편의 시를 쓰려고 한 장의 넓은 종이에 초고를 쓰고, 그것을 바라보며 음 하나하나를 충분히 환기하면서 읽고, 고치고, 다시 원고지에 정서하는 식의 반복 작업이야말로 가장 문학적 고양감을 유발하는 쾌감이라고 말할 수 있다. 이는 내가 소설을 주업으로 삼고 있는 사람이고, 소설이 아닌 장르에서 발표할 생각도 없는 시(혹은 시 같은 것)를 써 보는 것은 일종의 기분 전환이기 때문일 터이다. 하지만 나 역시 한때 시만 쓰던 청년 시절이 있었다. 그 와중에도 습작한 시를 종이에 쓰고, 쓰자마자 다시 읽고, 고치고, 다시 쓰는 것에 대해 우울하고, 무거운 거부감을 느끼는 일은 없었다.

그런 시기의 끝자락에 나는 처음으로 소설을 습작했다. 그리고 그 순간, 지금 내가 쓴 글을 다시 읽는다는 것에 대해 끔찍하고 무거운 혐오감을 느끼게 되었다. 어느 여름, 나는 괴담 영화에서 살인자가 방금 전에 죽인 피해자로부터 도망치려고 필사적으로 헤엄을 치지만, 죽은 자는 언제까지나 그의 발길질하는 발에 들러붙듯 쫓아오는 장면을 본 적이 있다. 나에게 있어서 습작하는 소설은 방금 죽인 피해자와 같았고, 나는 뒤돌아 그 얼굴을 마주하는 것이 거의 공포에 가까울 정도로 극도로 혐오스러웠다. 그래서 나는 습작을 정서하거나 오탈자를 바로잡거나 해서는 다시 쓸 수 없었다. 그런 잉크 먹물이 묻어 있는 더럽고 불완전한 종이 뭉치 같은 것을 다른 사람이 읽게 할 수 없었기 때문에, 결국 글을 다쓰고 나면 태워 버렸다.

게다가 나는 그 자기혐오의 불씨인 종이 뭉치를 누군가가 읽었다고 가정했을 때, 만약 비판적인 발언이 나왔다면 소설을, 아니 나 자신을 전면적으로 부정당했다고 느낄 것이다. 그리고 가상의 비평을 머릿속으로 상상하는 것만으로도 그 비평가에 대한 증오심이 치밀어 올랐기 때문에 누구의 눈에도 띄지 않게 태워 버리는, 잉크로 얼룩진 종이 뭉치의 불꽃은 내 육체와 정신에 가장 안전한 온기를 안겨 주는 것이기도 했다.

그런 동안에도 틈틈이 교사에게 제출할 것, 혹은 현실적인 필요에 의해, 즉 당시 나 자신의 생활에 가장 현실적인 것으로서 몇 편의 에세이를 썼지만 그것들을 다시 읽고 수정하고 보강하는 것은 역시나 시를 쓰는 작업에서와 마찬가지로 고통을 수반하지 않았다. 시의 경우, 꽤 긴 글이라도 큰 종이에 쓰면 한눈에 담아낼 수 있다. 또한, 나는 항상 내 시를 완전히 암기하는 식으로 글을 써 내려가는 편이었다. 그런 경우, 전체적인 관점에서 보면 세부적인 부분을 수정하고 다시 쓰는 것이 쉽기 때문에, 내가 시를 고쳐 쓰는 것에 혐오감이나 고통을 느끼지 않았다는 것이, 그런 면에서 가능했을지도 모르겠다.

그런데 에세이의 글자 수가 소설의 습작보다 더 많은 경우가 종종 있었다. 게다가 에세이를 쓰면서 중간중간 다시 되돌아가서 다듬고 다듬어 탄탄하게 하는 것은 오히려 즐겁고 보람찬 작업이었다. 또한 나는 에세이의 전체 구조가 꼬이지 않도록 하나의 에세이의 꼭지 부분과 꼬리 부분, 그리고 그 중간 부분을 앞뒤에 구애받지 않고 독립적으로 써서, 그 하나하나를 구성하여 하나의 유기체를 형성하기도 했다. 그러한 것을 구성할 때 내 머릿속에서는 분명 시를 다시 쓰고, 다시 재구성할 때의 고양감, 게임할 때의 즐거움과 동일한 경험을 하고 있었다. 그러면서 나는 결국 시와 에세이는 종이에 글을 쓰는 순간 객관적인 타자가 되는 문학 형식이 아닐까 하는, 가상의 칸막이로 둘로 나누는 생각을 가지게 되었다.

시는 말 자체에 객관적인 독립성을 부여하기 위해, 즉 그 말에 붙어 있는 탯줄을 스스로 잘라 내어 독립시키기 위해, 시를 쓰는 사람의 노력을 요구한다. 그리고 일단 객관적 타자가 된 말을 보다 온전히 자립시키기 위해 그것을 재창조하고 재구성하는 것이 시를 쓰는 사람의 노동이라고 한다면, 일단 자신과 탯줄로 연결되지 않게 된 말을 움직이고 조합하는 것은 마치 체스 놀이와 같은 것이 아닐까.

에세이에서는 단어를 의미의 구조에 따라 쌓아 갈 때, 거기에 하나의 문장으로서 의미가 완결되면, 이미 그것은 객관적인 타자인 것이다. 분명 내가 만들어 낸 것이지만, 마치 제삼자의 눈이 그 글이 탄생하는 전 과정을 지켜보고 있는 것처럼, 한번 쓴 글은 말하자면 이 제삼자와 나의 공유물로서 존재하고 있다고 느껴졌다. 그리고 나는 오히려 나 자신이라기보다 그 제삼자로서 자유롭게 방금 쓴 글을 검토할 수 있었다.

어둠 속 광맥을 찾아 헤매는 상상력

그런데 소설은 어땠을까, 지금은 어떠한가? 작가라는 직업에 몸담고 있는 사람으로서 내가 스스로에게 부과한 훈련 중 하나, 그것도 핵심적인 것은 일단 소설의 한 장章, 때로는 단편 소설 전체를 집필한 자신에게 다음과 같이 명령하는 것이었다.

지금 네가 잉크로 더럽혀 놓은 종잇조각은 그 상태로는 전혀 아무것도 아니니, 거부감을 극복하고 다시 써라, 조금이라도 더 견고하게 만들기 위해 수정하고, 다시 만들어서 새로운 평형 감각을 부여하라!

그러므로 내가 지금 막 쓴 소설을 바로 첨삭 수정하기 위해 세필 만년필로 맞서면서 느끼는 씁쓸하고 무겁고 치유하기 힘든 피로가 내면에 쌓여 가는 저항감은, 글을 다 쓰고 나서 바로 그 종이 뭉치를 태우러 갔던 그 옛날의 그것과 본질적으로 다르지 않다.

그렇다면 왜 소설이 그렇고, 소설만 그런 것일까? 이를 이해하기 위해서는 지금까지 살펴본 시와 에세이를 실마리로 삼는 것이 가장 편리할 것이다. 시에서는 아직 수정하고 재구성하는 과정에서조차도 단어와 그 축적으로서의 몇 줄, 그리고 전체가 견고한(어쩌면 우유 표층에 떠 있는 막 정도의 견고함, 어떻게든 응고시키려는 정도의 견고함일지라도) 양상을 보이고 있다. 그것은 일단 단어를 써 내려가면 마치 한 덩어리의 점토를 대 위에 올려놓은 것과 같은 모양새가 된다. 점토 덩어리는 비틀어지고, 뭉개지고, 형태를 만들고, 또 망가지지만, 그 와중에도 점토는 항상 눈앞에 있기에 그 전체를 볼 수 있다. 그런 점토 덩어리가 그 자체로 우리를 끌어당기지 않을 수 있겠는가?

그러나 소설에서는 단순히 글로 쓴다고 해서 그것만으로 뚜렷한 실체가 드러나는 경우는 없다. 그리고 애초에 그렇게 되어서는 안 될 일이다. 작가는 언어의 광물 표본을 제출하는 것이 아니라, 땅속 깊은 곳, 어두운 곳에 묻혀 있는 광맥 전체에 대한 상상력을 불러일으키기 위해 애쓰고 있는 것이다. 소설의 한 부분으로 쓰여진 몇 페이지의 글은 전혀 견고하지도 않고, 아무것도 아니다. 비정형적이고 연약하며 대체

가능한, 어딘지 모르게 모호한 것에 불과하다. 게다가 그 몇 장의 페이지 안에는 의심할 여지없이 작가 자신의 흔적이 고스란히 남아 있다.

나는 어렸을 때 피난 온 전쟁 이재민 가족을 돌봐 준 적이 있다. 비명을 지르는 대신 눈썹만 찡그리고 있는, 끔찍하게 창백해진 소년의 화상을 어머니가 치료하려 애쓰고 있었다. 한쪽 팔의 붕대를 떼어 내자 피고름으로 뒤범벅이 된 솜이 석고처럼 굳어 팔꿈치부터 팔목 부위까지 피부와 지방이 딱, 딱 하는 소리를 내며 남아 있었다…. 내가 지금 막 쓴 몇 장의 글에서 느끼는 것은 내 육체와 의식이 피고름이 묻은 채로 붙어 있다는 감각이다. 그것을 억지로 떼어 내어 소설의 몇 페이지를 객관적으로 외재화하려고 하면, 머리 깊숙한 곳에서 딱, 딱 하며 뜯겨나가는 소리가 들리는 것 같은 고통이 있다.

에세이에 관해서는, 토론하는 도중 "방금 전에 당신이 한 말을 확인해 보자"며 상대방이 녹음테이프를 되감는 것이 고통스럽지 않은 것처럼, 방금 쓴 몇 페이지를 다시 읽는 데 아무런 거부감도 없다. 그리고 에세이 내용 중 고정된 의미에 의심스러운 점이 있다면 그것을 파기하는 데 아무런 심리적 부담도 없다.

반면, 소설에서는 어딘지 모르게 위화감이 드는 몇 페이지를 무심코 버린다면, 그 여파로 인해 썩지 않은 살점까지 딱, 딱 하고 떼어 내는 결과를 초래하기 십상이다. 그래서 방금 쓴 몇 페이지를 다시 읽고, 수정하고, 다시 쓰는 것은 진정 겹겹이 쌓인 심리적 짐을 짊어지고 가는 노역이다. 적어도 나는 그런 경험을 되풀이해 왔고, 지금도 장편 소설을 쓰면서 같은 경험에서 벗어나지 못하고 있다. 오히려 내가 새로운 소설을 쓰면서 방금 쓴 몇 페이지를 다시 읽는 것에 대해 무거운 저항감을 느끼지 않게 된다면, 나는 더 이상 형체가 없어진 문체의 껍데기에 나 자신에 대한 개념을 채워 넣을 뿐인 자동 인형으로 전락하고 만 것이다. 그때 나는 어떻게든 내 머리의 톱니바퀴를 때려 부수기 위해 어깨 너머로 망치를 치켜들어야 할 것이다.

그런데 그런 저항감을 거슬러 방금 쓴 소설의 몇 페이지를 다시 읽어 보고, 그것을 파기하기로 결심한다. 그 결심이 일반적으로는 확실한 기준에 의한 것이 아닌 이상, 만약 예외적으로 몇 가지 단서가 있다면, 그것은 분명히 밝혀져야 할 것이다. 그것이 나의 현재의 출발점이다. 우선 단서 중 하나로 문체 감각의 문제가 있다는 것은 이미 말과 문체에 대해 이야기하면서 밝힌 바 있다. 그리고 또 하나의 단서라고 내가 생각하는 것이 이미지의 물질화라는 것이다.

이미지의 물질화 (1)

이미지의 물질화, 소설의 문장 몇 줄, 몇 페이지가 물질화 되어 있다, '사물'의 존재감을 갖추고 있다는 것은 구체적으로 어떤 상태를 가리키는 것일까? 여러 문학 이론가들이 이미지의 물질화, 혹은 소설에서의 물질화라는 것을 분석해 왔다. 그러나 여기서 내가 하고자 하는 것은 독학자의 방식으로, 즉 자신의 폭넓지 않은 경험에 집착하는 방식이긴 하지만, 어떻게든 나 자신의 머릿속에서 명확하게 납득한 것을 제출해 보자는 것이다.

앞에서 나는 다음과 같이 썼다.

> 작가는 아주 작은 '사물'이라 할지라도 그것을 그대로 소설 속에 도입할 수 없다. 한 움큼의 땅콩을 소설 페이지 위에 올려놓을 수는 없다. 그러면서도 그 한 움큼의 땅콩이 이 세상에 존재한다는 사실을, 현실 세계에서의 경험의 근간처럼 견고하게 표현하고자 하는 것이다. 책 위에 한 움큼의 땅콩을 얹는 것보다 더 구체적이고 즉물적인 효과를 내야 할 뿐만 아니라, 그것이 작가의 존재 자체를 관통하는 경험이라는 것을 오인하기 어려울 정도로 분명하게 표현해야 한다.
>
> 한 움큼의 땅콩이라는 단어가 현실의 한 움큼의 땅콩보다 더 즉물적이고, 게다가 그것이 작가의 현실 세계에서의 경험 그 자체를

표현할 수 있다는 것이 그 단어를 읽는 사람에게 해석도 설명도 아닌, 바로 현실 세계에서 독자의 새로운 경험으로 파악되는 것, 그런 여러 층위의 곡예 같은 관계의 실현을 바라며 작가는 소설 제작 작업을 시작하는 것이다.

우선, 가장 낮은 장애물부터 넘어가 보도록 하자. 소설은 언어로 쓰여진다. 언어는 '사물'이 아니다. 따라서 소설에 그려지는 것과 현실 세계의 '사물'이 같은 평면에 놓일 수 없다는 생각은 기본적으로 틀린 지적이다. 그리고 그 '틀렸다'라는 인식은, 아무리 작은 것이라도 현실의 '사물'을 소설 속에 그대로 도입할 수 없다는 사정과 조금도 모순되지 않는다는 사실이다. 왜냐하면 한 인간의 눈=의식에 현실 세계의 '사물'이 실재하는 것은, 그가 그 '사물'을 그의 눈=의식으로 받아들이기 때문이다. 이 경우, 사물을 지각하는 수단을 눈으로 대표하여 단순화시키고 있다는 것을 미리 말해 두어야 할 것이다. 또한 이러한 지각의 작용에 상상력의 작용까지 더하여, 눈=의식이라는 조합어를 내가 만들어 낸 것임을 밝혀 둔다.

여기서 소설을 읽는 인간이 종이 위에 인쇄된 글자를 통해 그의 눈=의식에 받아들임으로써 실재하기 시작한 것은, 역으로 그 맥락을 따라가면 현실 세계에 그 '사물'이 실재한다는 인식과 맞닿아 있을 것이다. 종이에 쓰여진 말로만 실재하는 것이 현실 세계에 존재하는 '사물'보다 인간의 눈=의식에 있어서 더 견고하지 않다는 것은 원칙적으로 있을 수 없는 일이다. 물론 그 차이를 엄격하게 구분해야 할 필요가 있는 국면에서는 언어가 표현하는 것과 현실 세계의 '사물'을 명확히 구분해야만 한다. 동시에 이 두 가지를 동일한 평면에 놓는 것이 기본적으로 가능하다는 것을 먼저 분명히 하고 싶다.

그렇다면 현실 세계에서 우리 눈에 접하는 '사물'은 항상 우리의 눈=의식에 즉물적인, 사물로서의 실재감을 갖추고 있을까? 예를 들어, 지금 당신의 눈앞에 있는 이 글이 인쇄되어 있는 책, 그 다소 누렇고 부드러워 보이는 종이, 그것을 둘러싸고 있는 괘선의 결코 기계적으로 똑바로 정렬되어 있지 않은 선, 그리고 명조체의 가느다란 활자는 지금 이 순간까지 당신의 눈=의식 속에 '사물'로서 실재하고 있었을까?

지금 당신은 일종의 미묘한 위화감과 함께 책의 종이, 의미를 전달하기 위함이 아닌 괘선, 그리고 에스키모가 이 한자와 히라가나를 봤더라면 분명 그랬을 것 같은, 기묘한 직선과 곡선으로 연결된 검은색 인쇄물을, 처음으로 '사물'로서 자신의 눈=의식에 받아들이기 시작하지 않았을까? 그사이 이 에세이의 의미의 연쇄가 끊어지고, 당신의 의식 속에서 이 말을 하고 있는 내가 점점 사라져 가리라는 사실이 분명하게 보여 주듯이, 지금 당신의 눈=의식이 발견한 '사물'로서의 책은, 반드시 그 기능과 무관하지는 않지만, 그것을 넘어 '사물' 그 자체인 책이다. 물질화되어 있는 책, '사물'의 손맛을 지닌 책이다. 즉 그러한 '사물'로서의 책을 당신의 눈=의식이 발견하기 전까지, 책은 당신에게 오래되어 익숙한 개념으로서 파악되고 있을 뿐이며, 그 기능만이 당신에게 막힘없이 기능하고 있었다고 말해야 하지 않을까.

우리는 일상에서 '사물'에 둘러싸여 살아가고 있다. 그렇지만, 혹은 그렇기 때문에 자기 주위의 모든 사물을 속속들이 알고 있다는 인간은 매우 특수한 존재다. 예를 들어 우주선 안의 우주 비행사 정도로, 단순한 개념 특히 기능에 대한 개념에 불과하다 하더라도 우리는 자신을 둘러싼 사물에 대해 극히 제한된 범위의 개념밖에 가지고 있지 않다. 만약 일상생활에서 내 주변의 모든 사물을 '사물'로 인식하기 시작한다면, 당사자에게 그것은 끔찍한 일이 된다. 그것이 오랫동안 지속된다면 인간은 미쳐 버릴 수밖에 없을 것이다. 우리는 말하자면 '사물'과 휴전 협정을 맺어 '사물'을 '사물' 그 자체로 자신의 눈=의식으로 받아들이지 않고, 단순 제한된 (일면적인) 개념으로 그것을 의식하고 그 기능을 활용하면서 살아가고 있는 것이다. 그때, 우리를 둘러싼 모든 사물은 사실 우리의 눈=의식에는 '사물'의 존재감을 갖추지 못하고,

물질화되지도 않은 것이다. 오히려 그것은 '사물'이 아니다, 라고까지 해야 할 것이다.

이미지의 물질화 (2)

그런데 우리의 현실 세계의 삶에 어떤 이변이 일어났다고 가정해 보자. 사랑하는 사람이 갑자기 죽어 버리는 것과 같은 고통스러운 일이 자신에게 닥친다. 그때 불현듯 우리는 자신의 눈=의식에 주변 사물이 '사물'로서 새롭게 실재하기 시작한다는 것을 깨닫게 되지 않을까. 하늘이 이토록 푸른 것이었나, 나뭇잎은 이처럼 빛을 반사하며 단단히 연마된 돌과 같은 것이었나 하는 감상을 우리는 종종 그런 순간에 품게 되는데, 사실 그 감상에 앞서 우리는 '사물'로서의 사물을 발견하고 있는 것이다. 우리의 눈=의식에, 우리 주변의 현실 세계의 사물이 처음으로 물질화되어 '사물'의 존재감을 갖추게 되는 것이다. 그것은 이러한 명료한 이변에 의해 '사물'을 보는 눈=의식이 자유롭고 불안하며 무엇에도 얽매이지 않지만 동시에 무엇에도 지지받지 않는 상태로 해방된 데에서 기인한다.

이 경우 비슷한 충격으로 인해 상상력이 자유로워지는 현상 또한 함께 생각해 볼 수 있을 것이다. 우리는 개념적 의미 부여, 해석으로부터 명확하게 분리된 '사물'을 자신의 눈=의식으로 포착하기 시작한 것이다. 이러한 뜻밖의 눈=의식의 각성은 특별한 이유 없이도 우리를 찾아온다. 이따금 우리는 땅에 쪼그리고 앉아 자갈이나 마른 흙, 가느다란 풀, 그 뿌리 쪽을 기어가는 개미 등, 익히 다 알고 있을 법한 풍경을 마치 새로운 우주라도 보는 듯한 어리둥절한 기이함과 함께 눈과 의식이 끌려가는 자신을 발견하곤 한다. 그때, 자갈·흙·풀·개미들은 물질화되어 '사물'의 실체를 갖추고 우리의 눈=의식 속으로 들어와 있는 것이다.

그리고 소설 속에서 이미지의 물질화, 소설의 문장 몇 줄, 몇 페이지가 물질화되어 있고, '사물'의 존재감을 갖추고 있다는 것의 구체적 의미를, 나는 위에서 열거한 의식 현상에 그대로 연결되는 것으로 생각할 수 있다고 보는 것이다.

만약 내가 타인의 소설에서 내 눈=의식이 그 소설에 그려진 사물을, 지금까지 본 적이 없는, 어떤 개념이나 의미 부여, 해석으로부터도 자유로운 '사물' 그 자체로 발견하는 상태를 경험한다면, 그 소설의 이미지는 물질화되어 있는 것이다. 주간지를 집어 든다고 가정하고, 그 소설을 특집 기사와 마찬가지로 약간의 손때 묻은 '정보'를 뽑아내듯 건너뛰며 읽어 나갈 때, 그 이미지들이 단순한 개념만을 나타내고 있고, 거기서 기괴한 실재감이 있는 '사물'을 만나 일순간 멈칫하는 순간이 없는 것은, 그것들이 전혀 물질화되어 있지 않기 때문이다. 자신의 소설을 읽는 독자들에게는 '사물'보다 '정보'가 더 중요하다는 것을 잘 알고 있는 주간지 작가들이 설령 에로티시즘이 중심이 되는 소설이라 할지라도 오로지 새로운 성에 관한 '정보'를 제공하는 데 전념하는 것은 그들의 직업적 지혜를 보여 주는 것이다.

말이란 본래 의미·개념을 전달하는 것이다. 따라서 작가가 자연발생적인 의미·개념의 표현에 굳이 저항하면서 그의 글을 그런 것과는 확연히 구분되는, 현저한 '사물' 그 자체를 표현할 수 있도록 노력하지 않는다면, 모든 글에서 '사물'은 자취를 감추게 될 것이다. 작가 자신도 글을 써 내려가면서, 일상의 평범한 광경 속에 숨어 있는 낯선 '사물'을 자신의 눈=의식으로 파악할 때의 불안한, 떨어져 나온 자의 자유(이것을 인간적 실존이라고 부르는 사람들도 있지만, 철학의 개념에서 항상 해방된 곳에서, 나는 이 소설가의 노트를 계속 써 나가고 싶다)를 확인해야만 한다. 특히 그는 단어의 개념적 의미를 떨쳐 내 버리고, 그 단일한 의미를 뛰어넘는 다양한 의미를 도출해 내야만 한다. 개념에서 해방된 '사물'의 본질은, 우선 다양성으로서 눈=의식으로 들어오는 것이기 때문이다.

그리고 다름 아닌 이 작가의 노력이야말로 작가 자신도 충분히 자각할 수 있는 것이라고 경험상 나는 말할 수 있다. 작가는 자신이 방금 쓴 몇 페이지의 글이 개념에 얽매인 단어들로만 이루어져 있어서, 그것을 읽는 타인에게 사랑하는 사람의 죽음과 같은 기괴하지만 생생한 '것'의 홍수를 만나는 경험을 주지 못할 것임을 자각할 수 있다. 그때 그는 자신의 존재감에 전혀 자극을 주지 못하는 어설픈 문체의 몇 페이지를 버리듯, 자신의 새로운 몇 페이지를 자신 있게 찢어 버릴 수 있는 것이다. 그리고 그러한 노력 끝에 그가 자신의 소설을 어떤 개념으로부터도 자유로운 '사물' 그 자체로 채울 수 있었다고 할 때, 그는 자신의 존재감 또한 거기에 표현할 수 있었음을 깨닫게 될 것이다. 우리가 어떤 충격에 의해 현실 세계의 사물에 대해 '사물' 그 자체 앞에 서 있다는 것을 자각하는 순간은 우리 자신의 근원적인 존재감을 접하는 순간이기도 하기 때문이다.

작가가 '사물'의 실현에 성공한, 이미지의 물질화에 성공한 소설을 읽을 때 종종 우리가 경험하는 것은, 책장을 넘긴 눈=의식에 주변 사물이 완전히 새롭게 보이는 현상이다. 우리는 소설 속 사물의 물질화를 통해, '사물'의 존재감을 통해 단련된 눈=의식으로 현실 세계의 사물을 물질화하고, 다시 '사물'로서 발견한다. 그때 분명히 현실 세계에 실재하는 '사물'과 언어로 구현된 '사물'이 동일한 평면에서 교류가 이루어지고 있는 것이다.

소설 속 인물의 창조와 자립

소설을 쓰면서 작가가 과연 자신의 의식을 초월하는 것을 소설 세계에 표현할 수 있을까 하는 의구심에 사로잡힌다는 것, 그리고 사실 소설 자체에 작가의 의식을 넘어서는 역동성의 구조가 원칙적으로 존재할 수 있다는 것을 나는 이미 언급했다. 그와 관련하여 한 걸음 떨어진 곳에 서서 내가 지금 생각하고자 하는 것은, 작가가 소설을 계속 쓰면서 자신을 부정하는 계기를 그의 말과 상상력이 만들어 내는 '소설 속 인간'을 통해 명확히 현실화할 수 있는가 하는 과제이다.

만약 그런 재주를 부릴 수 없다면, 일본 사소설의 전통으로부터 자유롭게 자신을 해방시키고자 하는 나 자신에게 누가 "당신은 이미 완전히 사로잡혀 있다"고 말해도, 사실상 나는 뚜렷한 반박의 실마리가 없을 것이다. 이렇게 생각하는 한, 현재 소설을 쓰고 있는 작가인 나는 만년필 펜촉이 마르도록 방치한 채 원고지에서 30센티쯤 떨어진 허공을 멍하니 바라보며 오랜 시간을 보낼 수밖에 없다.

인간의 의식에는 본질적으로 결여된 부분이 있고, 그 원호圓弧의 결여된 부분을 채우기 위해 스스로를 앞으로 내던진다는 원리를 생각하며 인간 존재의 근원에 원리적인 역동성을 이끌어 낸 것은 20세기 철학자의 발명이었다. 그 철학자가 밝혀낸 것들이 발산하는 빛을 받으며, 이제 우리는 소설의 과제에 대해 생각해 볼 수 있다. 그러나 지금 나는 철학자들의 희미한 빛을 곁눈질하면서도, 직접 소설을 써 온 경험에 비추어 이 과제를 어떻게든 구체적으로 전개해 보고자 한다. 내 경험에 기반한 과제의 전개가 옳다면, 그 구체적인 길은 철학자의 한 줄기 빛의 길에서 원칙적으로 벗어나지는 않을 것이다. 그렇다고 해서 처음부터 철학자의 희미한 불빛을 손전등 삼아 소설의 과제를 점검해서는, 작가의 현실적인 존재 이유가 없다.

"가장 간편하게 작가가 스스로를 부정하는 계기가 무엇이냐고? 그 친구는 원래 자기 처벌을 통해 자기 회복을 꾀하려고 하는 거야, 시골을 떠나왔다는 자책감에!" 같은 식으로, 영어책 한 권 읽은 걸로 완벽한 사회심리학자 행세를 할 정도로 명민한 평론가에게 이런 소리를 들어도 어쩔 수 없는 일이다. 즉흥적이지 않은 전개, 즉 스스로 지속성을 발전시키면서 계속해서 이어 나갈 수 있는 과제의 전개야말로 내가 바라는 것이기 때문이다. 그래서 나는 또다시 원고지에 소설의 다음 몇 페이지를 써 내려가면서, 그렇게 이 과제를 스스로에게 확인하려고 한다….

내가 지금 쓰는 장편 소설의 수직적 구조를 받치고 있는 인간은 교외 주택가 외곽의 절벽 아래에 콘크리트로 된 핵전쟁용 대피소를 만들어 그 안에서 외부 세계를 관찰하며 하루 하루를 살아가는, 대체 어떤 과거를 살아왔는지 알 수 없을 뿐 아니라 제정신인지 미친 것인지도 불분명한 삼십 대 남성 이다. 그가 관심이 있는 대상은 절벽 아래 수 킬로미터 폭으 로 펼쳐진 습지대의 버려진 촬영소 창고에 은신하고 있는 것 으로 보이는 소년 범죄단이다. 남성은 콘크리트 벽에 난 새 로운 총구멍으로 외부를 보면서 소년 범죄단이 그의 관찰망 에 걸리기를, 봄이 끝날 무렵부터 장마철을 지나 여름에 이 르기까지 물고기와 같은 인내심으로 계속 기다리고 있다.

나는 내 상상력의 영역에서 다시 한 번 이삼십 대 남자를 환기시키려고 할 때마다 섣불리 단순화할 수 없는, 다양성을 내포한 내면의 동요를 경험한다. 이 동요는 내가 소설을 쓰 려고 적극적으로 만들어 내는 것이며(그러니까 이 소설 쓰기를 멈추는 순간 동요는 사라지게 되며, 내가 아무것도 하지 않고 손을 놓 고 있더라도 자동적으로 그 동요를 경험하게 된다는 의미는 아니라는 뜻이다), 오히려 소설을 쓰려는 의지에 따라 가속화된 상상력 의 스핀 운동이 내 의식과 육체의 깊은 곳에 가라앉은 진흙 탕을 휘저어 흙먼지를 일으킨다고 해야 할 것이다. 그리고 이 동요를 언어로 추적해 본다면, 틀림없이 이럴 것이다. 물 론 소설을 쓰는 내가 현실에서 찾아 헤매어 종이에 옮기는 말은, 이를테면 소설을 전개하는 말일 뿐 그 사이 내면의 동

102

요 그 자체는 아무런 말을 갖지 못하지만.

이 삼십 대 남자는 (이라고, 내 의식과 육체의 동요를 지금 말로 표현하자면) 작가인 현실 세계의 나 자신은 아니지만, 그렇다고 해서 그와의 본질적인 관계를 부정할 수는 없다. 만약 그 사람이 나와 본질적인 연결고리 없이 만들어진 자동인형에 불과하다면, 내가 어떻게 그를 수직적 구조의 주체로 삼아 소설을 계속 쓰는 것의 의미를 발견할 수 있을까? 한편 이 삼십 대 남자를 완전히 나 자신으로 받아들일 때, 역시나 소설이 뿌리째 무너질 수 있다는 것을 예감한다.

게다가 그와의 본질적인 관계라는 것도 내 의식 속에서 명확하게 객관화되어 있는(혹은 객관화될 수 있는) 것은 아니다. 오히려 그 본질적인 연결고리를 마침내 확립하기 위해 나는 수백 페이지 분량의 장편 소설을 쓰려는 것이다. 그것도 대체 무슨 의도로 그런 표현에 열중하고 있는 것인지, 알 수 없는 세세한 부분까지 끝없이 파고들면서 말이다.

나는 이 삼십 대 남자가 실제로 겪은 것인지 아닌지 알 수 없는, 괴이한 수난의 하루를 그와 함께 핵전쟁용 대피소에 피신해 살고 있는 어린아이에게 들려주는 모습을 쓴다. 이어 유아가 잠든 뒤에는 그들을 감싸고 있는 나무의 정령에게 끝없이 쏟아 내는 말을 세밀히 써 내려간다. 그는 그 와중에도 되도록 소리가 나지 않도록 헌 셔츠로 끝을 감싸 콘크리트 벽에 구멍을 뚫고 그곳을 총구멍으로 삼아 습지대에 대한 새로운 시각을 확보하려는 작업은 멈추지 않는다. 그러던 중 그는 잇몸이 아파 신음하기 시작하는데, 그의 혼잣말을 믿어보자면, 낮에 찾아간 곳에서 얻어맞아 부러진 이가 그대로 잇몸에 박혀 있는 것이다. 그는 신음하며 자신의 손가락으로 부러진 이를 끄집어내 입안을 피투성이로 만들고, 그 피를 어디에 내뱉어 줄까 고민하는 재미에 빠진다⋯.

나는 이 장면을 쓰기 전과 쓰고 난 후, 내가 생각하는 삼십 대 남자의 이미지에 변화가 일어났음을 느낀다. 적어도 소설을 한창 쓰는 중인 나에게는 이삼십 대 남자의 겉과 속이 더욱 견고해졌고, 그것은 나 자신과 그와의 사이에 항상 살아 있는 인간미 넘치는 유대감이 더욱 분명해졌음을 의미하기도 하지만, 동시에 이삼십 대 남자가 더욱 선명하게 내 의식 밖에서 독립하기 시작했음을 의미한다는 것을 깨닫게 된다. 게다가 그것은 가령 내가 점토로 자신을 닮은 조형물을 빚어 점차 하나의 형태를 갖춘 것이 내 외부에 만들어지는데, 그것이 나의 모형이기 때문에 조형물과 나 사이에 분명한 연결고리가 확립되며 또 그 조형물이 점차 완성됨과 동시에 조금씩 자립해 가는 식의, 나와 내가 만드는 것의 평면적인 상관관계가 아니다.

사실 늦은 밤 책상 앞에 앉아 이 소설을 쓰고 있는 나 자신과 소설 전체 구조의 5분의 1 정도에 해당하는 몇 페이지에 그려진, 이가 부러져 잇몸에 박혀 있는 삼십 대 남자와는 직접적인 상관관계 같은 것은 없다고 해야 할 것이다. 나는 자신의 모형에 상처를 입혀 피학적 쾌감을 추구하는 취향도 아니고, 스스로를 "이토록 불쌍하고 한심한 존재"라고 말하면서 한없는 동정을 구할 생각은 더욱 없다. 실질적으로 그렇게 직접적으로 연결된 탯줄을 끊는 것에서부터 소설의 근본적인 기능이 발동하는, 즉 '소설화'가 시작된다고 보는 것이 가장 기본적인 나의 출발점이었다.

앞에서 한 말에 빗대어 말하자면, 소설의 몇 페이지 안의 사물을 물질화하기 위해 '사물'의 느낌을 부여하기 위해 노력하도록, 또 어설프고 흐물흐물한 문장을 자신의 뿌리 깊은 존재감에 울림을 주는 형태와 실체, 즉 '문체'로까지 끌어올리기 위해 노력하도록, 소설 속의 인간을 그 자체로 자립시키려고 힘쓴다. 아직은 모호한, 안개 속 먼발치에 있는 사람 모습(안개가 걷힌 뒤 자세히 보면, 머리 반쪽과 옆구리 정도의 육체만 갖춘 반쪽짜리 인간일지도 모르지만) 같은 존재를 소설의 처음 몇 페이지에 등장시키면서, 실제 문제로서 나는 대체 무엇을 실마리로 삼고 있는 것일까? 소설을 쓰기 전에 소설 속 인물이 이미 작가의 의식 속에 실존을 완성하고 있다면, 그것은 마치 죽은 친구의 추도문을 쓰는 것처럼 줄거리는 뻔할 것이다.

하지만 이렇게 이미 실존하는 인간의 모습을 좇아 쓴다면 소설 표현이 보여 주는 그 근본적인 매력이 어떻게 생겨날 수 있을까.

그것은 소설을 읽는 사람 편에 서서 말해도 마찬가지일 것이다. 독자로서의 내 경험에 따르면, 예를 들어 포크너처럼 그가 창작한 장소와 여러 세대에 걸친 인물들이 작가의 의식 속에 미리 실재하는 듯한 외양을 보이는 경우에도, 나는 그 소설의 첫 몇 페이지를 읽으면서 지금 작가의 육체·의식 속에서 이 '소설 속 인간'들이(내가 이런 번거로운 표현을 반복하면서 작중 인물이라는 관용어를 사용하지 않는 것은 이 관용어 자체의 성립 속에 소설 속 인간을 도식적인 종이 인형으로 만들어 버리는 발상이 담겨 있는 것 같아서이다) 형성되어 가고, 발견되고, 또다시 발견되어 간다는 인식에 의해 가장 깊은 고양감을 맛보게 된다.

만약 포크너가 그의 소설의 이 몇 페이지를 쓰는 도중에 급사했다면(실제로 포크너는 그 소설을 완성했고, 나는 딱딱한 표지와 종이 표지의 여러 종류의 출간본을 가지고 있을 정도이니, 지금 이 몇 페이지를 쓰다가 급사하면 어쩌나 걱정하는 것은 어리석은 짓임에 틀림없지만), 그 순간 영원히, 포크너의 의식의 태반에서 자라기 시작한 다양한 소설 속 인간들이 어둠 속으로 유산되는 것이 아닐까 하는 불안과 두려움에 사로잡히게 된다. 또 거리를 걷다가 차에 부딪힐 뻔한 적이 있는데, 그럴 때 종종 느끼는 소름 끼치는 각성의 감각은, 지금 내가 막 그 몇 페이지를 읽기 시작한 포크너의 소설 속 인간은 아직 거의 '형체가 없는 상태amorphe'이기 때문에, 만약 내가 교통사고로 죽는다면 영원히 유산될 것 같은 두려움이다. 마치 나 자신의 죽음보다 지금 내가 읽기 시작한 소설 속 인간의 죽음이 나에게 더 본질적인 중요성을 지니고 있는 것처럼 말이다.

이 경험은 소설을 읽는다는 행위가 소설의 전개를 직접적인 축으로 하여 작가와 독자에게 동일한 현재를 공유하게 한다는 것을 무엇보다도 단적으로 보여 주는 것이다. 이러한 소설의 수용이라는 단계에서 거꾸로 거슬러 올라가더라도, 소설의 처음 몇 페이지를 쓰고 있는 작가의 의식 속에 소설 속 인물이 뚜렷하게 실재하고 있다는 것은 정당하지 않다고 말해야 하지 않을까?

다양성과 상상력

작가가 소설을 쓰기 전에 소설 속 인물에 대한 창작 노트를 만드는 실례를 종종 볼 수 있다. 그러나 거기에 선으로 그려진 인간의 윤곽은 본질적으로 일면적이라, 한 가지 방향성만을 따르고 있다. 실제로 소설을 진행시키면서 작가의 상상력이 발휘되어야 비로소 다양해지는 것이다. 그리고 사실 다양성을 갖지 않는 소설 속 인간, 그것은 제대로 된 소설의 제대로 된 의미의 '소설 속 인간'일 리가 없다.

소설의 처음 몇 페이지를 쓰면서 '소설 속 인간'을 그곳으로 끌어들이며 유일하게 확실한 잣대로 가지고 있는 것은 이 인물이 내가 쓰려고 하는 소설에 맞춰 내 상상력을 가장 잘 자극하는 존재라는 깨달음 바로 그것이다. 상상력을 자극한다는 말만으로는 너무 모호하다는 반문이 있을 수 있는데, 나는 이를 다음과 같이 바꿔 말할 수 있다.

이 '소설 속 인간'의 태아 같은 존재에는 나의 상상력을 환기시키는 가시가 한 면에 자라고 있으며, 아울러 그 가시에 걸린 상상력은 이 '소설 속 인간'을 다양화하는 방향으로 언제까지나 자유롭게 확장될 것 같은 예감이 든다. 게다가 이 예감이 몇 페이지를 써 내려갈 때마다 확연하게 충만해질 때, 나는 분명히 '소설 속 인간'을 만났고, 그를 만들어 냈으며, 동시에 나 자신도 미지의 단계를 향해 밀어 올리고 있다는 것을 깨닫게 된다.

그리고 소설 속 인간에게 다양성을 부여하는 것이 곧 그를 자립시키는 것이며, 그의 자립이 상상력을 발휘하고 있는 인간인 나 자신을 한 걸음씩, 보다 새로운 작가, 보다 새로운 인간으로 밀어 올리는 움직임이기도 하다. 이러한 가장 바람직한 연동 장치가, 생동하는 피가 흐르는 유기체로서 나의 육체·의식 속에 구축되었음을 깨닫게 되는 것이다.

그런데 소설 속 인간에 대한 상상력을 환기시키는 그 첫 단계에서, 나는 다음과 같은 현상을 경험으로 인정해 왔다. 즉 현실의 나와 다른 인간, 작가로서의 나에 대한 부정적 계기를 내포한 인간이야말로 나의 상상력을 가장 자극하는 환기적 존재라는 사실을 종종 경험해 왔다. 이러한 현상을 상상력의 근본 원리에 따라 의미를 부여하는 것은 앞서 언급한 실존주의 철학자의 주장에 따르면 이제 누구나 할 수 있는 일일 것이다.

나는 어디까지나 소설을 쓰는 사람으로서 내 경험에 입각하여 다음 단계로 넘어가기로 한다. 하나의 이념, 혹은 개념으로서 내가 스스로를 부정하는 계기를 발견할 때, 그것이 연기가 아닌 진실한, 진정으로 나를 완전히 부정하는 계기라면, 혼자서 그것에 맞서고 있는 나는 뱀이 노려보고 있는 민감한 개구리 같은 상태에 빠질 수밖에 없다. 결국 나는 화석화되어 버린 그 부정적인 계기와 나 사이의 유대에 스스로 몸뚱이를 찔러 넣어 자살하는 수밖에 없을 것이다.

자기 부정을 거듭한다(그리고 살아간다)는 말이 학생 운동가들과 그들의 곁에 서 있는 교사들에 의해 발화되는 것을 자주 들으면서 내가 늘 품었던 어두운 의구심은 바로 위와 같은 인식에서 비롯된 것이었다. 그들에게는 '토론'이 있고 '행동'이 있기 때문에, 혼자 서재에 앉아 있는 나로서는 적어도 이 두 가지 유보 조건으로만 판단할 수밖에 없다고 생각하면서도, 현실에서 내가 알고 있는 학생과 교사의 얼굴을 떠올리며, 그 자기 부정자들의, 누가 봐도 명백히 점점 더 깊어지는 폐쇄적 상황 속에서의 자살을 가장 두려워했다.

그리고 나는 소설 속 인간의 발견과 작가에 대한 부정의 계기를 내포한 '소설 속 인간'을 상상력으로 다양화하고 자립시켜 나가는 과정, 즉 소설의 제작 과정 그 자체에서 자기 부정의 길을 발견하고 있는 자신을 반복해서 인식하고 있었다. 이때의 자기 부정은 곧바로 자살에 이르지 않는다는 의미에서 열려 있다고 할 수 있다.

나는 그때까지 단 한 번도 간절한 바람을 담아 특정한 인물에게 소설 쓰기를 권유한 적이 없었다. 나 자신에게조차도, 만약 갑자기 TV에서 유행하는 질문조로, 당신은 스스로에게 소설을 쓰도록 권유하겠느냐고 묻는다면, "아니요"라고 대답하기 십상이었을 것이다. 그러나 마침내 나는 너무도 명료한 폐쇄적 상황에 처한 신진 학자인 자기 부정자에게 대뜸 소설을 써 보라고 권하는 장문의 편지를 썼다. 나는 상상력이라는 허상 속에 나 자신을 묻어둘 수 없다, 안녕히 가시라, 라는 것이 내 편지에 대한 답장을 마무리하는 말이긴 했지만.

상상력을 현실과 동떨어진 허상으로 여기는 사고방식은 그 자체로 오랜 역사를 가지고 있으며, 뿌리 깊은 것이다. 특히 소설 속 인간을 상상력을 통해 작가가 자립시키는 것이 과제인 지금, 상상력이 현실 그 자체와 단단히 결부되어 있다고 재차 주장하는 것은 혼란을 야기할 수 있는, 어쩌면 좋지 않은 주장일지도 모른다. 사실 상상력은 명백히 현실을 부정한다는 식으로 생각하는 동세대 작가도 있었다. 그 논거는 인간이 칼을 바라보면서 칼을 상상하는 일은 없고, 칼을 보면서 상상하는 것은 칼이 아닌 것, 즉 칼이라는 현실의 부정이기 때문이라는 것이었다.

그러나 소설을 쓰고 있는 자신을 새삼 관찰할 때, 작가는 자신이 반드시 현실을 모두 부정하는 것만은 아니라는 사실을 깨닫지 않을 수 없다. 그는 자신을 둘러싸고 있는 사물, 인간관계, 그리고 그러한 자신을 포함한 모든 현실을 마치 수영장에서 턴을 할 때처럼 상상력의 힘으로 걷어차 버린다. 하지만 동시에 그렇게 함으로써 비로소 자신을 둘러싸고 있는 사물, 인간관계, 그리고 그러한 자신의 모든 현실을 다양성을 유지한 채 가장 확실히 파악할 수 있게 되는 것이다.

다양성이라는 것이 결국 문제의 핵심이다. 상상력이란 본래 다양화라는 방향성을 갖추고 작동하는 것이다. 적어도 그것은 인간을 단일화로부터 해방시키는 기능을 가지고 있다.

게다가 종이에 단어 하나하나를 써 내려가는 소설의 전개 방식은 다양성을 하나하나 꼼꼼히 확인하며 상상력을 펼치기에 적합하다. 번개 같은 상상력의 섬광으로 전체를 파악하는 시와 달리, 소설의 상상력은 모래 위를 걷는 조개의 발처럼 바로 옆을 천천히 쓰다듬어 가며 조금씩 전체를 파악해 나간다. 그리고 일단 형태를 갖추기 시작한 소설 속 인물은 소설이 어느 뚜렷한 분기점까지 진행하게 되면, 반대로 작가를 향해 그 결여된 부분을 다양한 측면에서 메워 줄 말을 요구하기 시작한다. 이 단계에 이르면 드디어 작가의 작업은 확실한 실마리를 찾았다고 할 수 있다. 그리고 설령 그것이 작가 자신을 부정하는 방향으로 나아가는 것임이 분명해진다 해도, 이미 작가는 자신의 소설 속 인간에게 그 자신이 절실히 요구하는 다양성의 실현을 위한 말을 계속 덧붙이지 않을 수 없는 것이다.

그렇게 해서 소설 속 인간은 자립하게 된다. 그리고 자신의 말을 통해 인물을 자립시킨 작가는 자신 또한 소설을 쓰기 전의 자신으로부터 분명히 자립하여 한 발짝 더 나아가 있음을 깨닫게 된다. 적어도 그 가능성을 실현하기 위해, 작가는 자신의 소설 속 인간과 동일한 시간을 한 단어 한 단어 종이에 써 내려가면서 점점 더 깊고 확실하게, 그러면서도 언제나 자유로운 상상력을 토대로, 살아가야만 하는 것이다.

4. 작가에게 이의를 제기하다

이건 내가 원하던 소설이 아니야

현실에서 작가가 직선적으로 자기 자신에 몰두하며 작업을 하면서 흔들리는 일이 없느냐고 묻는다면, 그것은 그럴 리가 없다. 원래 소설을 쓰는 것 자체에 자기 부정의 계기가 포함되어 있다는 것은 이미 언급한 바 있다. 흰 종이에 인쇄된 옅은 주홍색 테두리 안에 한 줄의 문장을 쓴다고 가정해 보자. 아직 잉크가 마르기도 전에, 아니, 이것은 내가 쓰려고 하는 '소설'이 아니야, 라고 느끼게 된다는 것을 나는 경험에 비추어 이야기해 왔다.

느끼는 방식에는 여러 차이가 있을 것이다. 방법에 대한 자각에 기반한 매우 의식적인 것부터 거의 생리적·육체적 불편함에 이르기까지 여러 겹으로 겹쳐진 층위를 볼 수 있을 것이다. 그러나 그것들은 공통적으로 작가가, 아니, 내가 원하는 것은 이것이 아니야, 여기에 더해 계속 글을 써 봤자 내가 추구하는 '소설'은 이루어질 수 없을 거야, 라고 생각하게 만든다. 그래서 작가는 방금 쓴 종이를 찢어 버린다. 생리적인 차원의 이야기를 하자면, 내게 소설을 쓰는 작업이라고 하면 오히려 그 종이를 찢는, 약간의 상쾌함이 없지 않은 팔의 운동이 가장 먼저 떠오를 정도다.

하지만 찢어 버린 종이에 쓰여진 한 줄도 다름 아닌 나 자신이다. 그것이 내 내부가 아닌 다른 곳에서 나온 것도 아니다. 그것은 내가 실재하지 않았다면 존재하지 않았을 것이다. TV 활극을 보다 보면, 납치된 남자가 갱단에게 강제로 끌려가 그들의 말대로 글을 쓰게 된다. 그것을 계속 보고 있자니 TV 앞의 내 오른팔과 머리 깊숙한 곳에 둔탁한 통증이 느껴졌다. 소설을 쓰는 동안 나는 그런 강요를 받고 있는 것은 아니다. 나는 자유롭다. 자유로운 자신으로부터 발산되어 한 줄의 문장이 탄생한다. 그리고 다름 아닌 그 자유로운 내가 이 글은 내가 쓰려고 하는 '소설'의 일부가 아니라고 이내 판단을 내리는 것이다.

이것은 어머니의 육체가 낳은 아이가 또 하나의 육체로서 형태를 온전히 갖추지 못한 특수한 상황에 비유할 수 있을까? 자신의 육체가 만들어 낸 것임에 틀림없지만, 만들어지는 과정에서 절차상의 문제가 있었다. 그래서 자신의 육체가 낳은 것으로 정식으로 인정할 수는 없다. 그런 것일까?

이 비유는 지금까지 경험한 바에 비추어 볼 때, 쉽게 버릴 수 없는 부분이 있다. 특히 자신의 온 육체를 바쳐 만들어 내면서, 그 과정에 자신의 의지가 개입할 수 없는 중요한 어둠의 통과가 있다는 점에서 매력적이기까지 하다. 만약 우리가 돼지처럼 자신이 낳은 비정상적인 아이를 우적우적 먹어 치운다면, 출산과 오류의 수정, 새로운 출산에 대한 의지라는 일련의 행동은 분명 작가의 행동을 거기에 겹쳐보고 싶다는 생각을 품게 한다.

그러나 출산 시의 이상아의 출현은 지금보다 더한 방사능 오염이나 공해의 침투가 지구를 검게 물들이지 않는 한(그렇지만 그 가능성은 반반이다) 여전히 예외적인 일이다. 그런데 작가의 작업에서는 이 한 줄은 버려야 한다는 의식이야말로 오히려 정상인 것이다. 따라서 작가가 다른 누구도 아닌 자신이 만들어 낸 글임에도 불구하고, 그것을 폐기하지 않으면 자신의 '소설'에 도달할 수 없다고 느끼는 메커니즘에는, 오히려 작가의 작업의 본질 자체에 뿌리를 둔 요인이 있다고 보는 것이 자연스럽다.

여기서 내가 생각하는 원칙은 작가가 소설을 쓴다는 것, 그 작업 자체에 자기 부정의 계기가 포함되어 있다는 것을 인정해야 한다는 것이다. 자기 부정과 같은 단어는 모호한 확대 해석을 허용할 수도 있다. 이것은 작가가 실제로 글을 쓰는 행위 자체에 현재의 자신을 극복하고 새로운 자신에 도달하고 싶다는 소망이 담겨 있고, 그 소망 자체가 글을 쓴다는 행위를 통해 현실화되고 있다는 의미와 다름이 없다. 모든 '행동'이란 것이 실존주의자처럼 앞을 향해 자신을 내던지는 투기投企(projet)라고 한다면, 소설을 쓰는 '행동'도 그런 식으로 일반화할 수 있을지 모른다.

하지만 지금 나는 어디까지나 소설을 써 온 내 경험에 입각하여 생각을 이어 가려고 하는 만큼, 여기서는 그런 일반화에서 벗어나 보고자 한다. 요컨대 소설을 한 줄 한 줄 써 내려가는 행위가 현재의 나를 뛰어넘어 새로운 내가 되고 싶다는 소망의 현실화라는 점을, 구체적인 실감을 갖고 인정하는 것부터 출발하고자 한다.

뛰어넘는다는 것은 그렇게 뛰어넘을 자신의 부정, 즉 자기 부정임이 분명하지만, 뛰어넘으며 힘차게 발을 디딜 앞의 지형이 미리 선명하게 보이는 것은 아니다. 뛰어넘는 그 너머는 암흑이다. 그렇기 때문에 현실에서 한 줄을 쓰고 나서야 비로소 이건 아니다, 이건 내 '소설'이 아니다, 라는 것을 알 수 있는 것이다. 내가 소설을 쓰는 동안 옆에 앉아서 색칠을 하던 아이가, 그렇게 금방 찢어 버릴 거면, 쓰기 전에 알아보면 좋잖아요? 라고 물어본 적이 있다. 확실히 한 줄만 일단 쓰면 바로 자신의 '소설'의 문장이 아니라는 것을 자각하게 되지만, 쓰기 전에 그것을 알아차리기는 쉽지 않다. 글을 쓰기 전에는 비록 잘못된 한 줄이라도 실재하지 않는 것이기 때문에, 존재하지 않는 것의 잘못을 바로잡을 수는 없다. 결국 나는, 작가는 색칠을 하는 것이 아니기 때문이란다, 라고 대답해 주었다.

자기 부정만이 감동과 변혁으로 이어진다

여기서 모델 A를 도입해 보자. 모델 A는 색칠 놀이를 하듯 소설을 쓰는 작가이다. 내 통념으로는 이런 사람은 작가라는 이름에 걸맞다고는 할 수 없다. 그래서 모델 A라는 명칭을 붙여서 의미론적 혼란을 미리 방지하기로 한 것이다. 그렇다면 모델 A는 어떻게 이 소설 같은 글을 쓰는 걸까? 그리고 그것은 어떻게 색칠하기와 비슷할까?

모델 A가 일을 한다. 이때 그의 의식에는 색칠 놀이의 선 긋기처럼 미리 개념의 선이 그어져 있고, 하나의 소설 비슷한 밑그림이 완성되어 있는 것이다. 이런 모델 A 중 한 명이

"자신의 단편이 크로키 같다는 평가를 받았다"며 만족감을 표시하는 것을 본 적이 있다. 하지만 그의 만족감과는 달리, 내게는 오히려 색칠 놀이의 개념화된 선 긋기 정도로밖에 보이지 않았다. 누구나 알다시피 크로키의 아름다움은 역시 '사물' 자체를 포착한 아름다움이다. 개념의 작위성, '사물'에 대한 설명만을 나타내는 선은 크로키라고 부르기보다는 색칠 놀이의 선 긋기로 간주하는 것이 회화적 상식에 부합할 것이다.

모델 A가 매스컴의 실력자라면 밑그림을 거창하게 그리고 복잡하게 만들기 위해 편집자들을 동원해 '자료 수집'을 한다. 사회파 등으로 불리는 모델 A에게는 틀림없이 그 방식을 상습적으로 사용하는 태도가 몸에 배어 있다. 그러나 매스컴을 벗어나 아주 일반적인 영역까지 시야를 넓혀 보면, 이것이 기괴하게 보이지 않을 수 있을까? 모델 A가 여전히 작가를 자처하고, 소설 흉내를 소설이라 부르고, 심지어 '잘 읽히는' 소설이라 부르며, 자신의 작품에 대한 어떤 의심도 없이 우쭐대는 모습이 오히려 상식에 가까운 일본의 비참한 문단 상황이….

어쨌든 모델 A는 당당하게 그 거창한 색칠 놀이의 밑그림을 완성한다. 이 밑그림을 그리는 것이 사실 모델 A의 일의 본질 그 자체라고도 할 수 있지만, 당연히 그런 밑그림을 그리면서 모델 A가 스스로를 혁신한다는 것은 있을 수 없는 일이다. 그런 혁신의 위기에 조금이라도 자신을 노출시키는 일조차 없다.

진정한 작가는 자신의 문학적 작업을 올바로 추구해 나감으로써, 다름 아닌 그런 자신을 부정하는 계기에 도달하게 되는 법이다. 진정한 작가는 문학의 창작 행위 자체에 자기 부정의 구조를 두고 있다. 그렇지 않고서야 어떻게 흰 종이 앞에 만년필을 쥐고 앉아 있을 뿐인 작가가 진정으로 새로운 인간, 새로운 현실을 향해 그의 상상력을 뛰어넘을 수 있겠는가?

그러나 모델 A에게는 결코 자기 부정의 순간 따위는 오지 않을 것이다. 그는 언제까지나 젊은 시절의 자기 확신에 머물러 있다. 한때 그 확신 이면에는 '어쩌면 나의 확신은 다른 사람의 확신에 비해 하찮은 것, 아니 그 정도는 아니더라도, 다른 사람의 확신에 비해 상대적인 것은 아닐까' 하는 의심의 여지가 희미하게 남아 있었다. 그렇지만 매스컴의 실력자로서의 삶은 모델 A의 감수성을 악어의 가죽에 비유할 수 있을 정도의 것으로 만들어 버렸다. 그는 개념화된 윤곽선 속에 속물적인 색을 부지런히 칠하다가 가끔 주위를 둘러보며, "저 작가는 뚜렷하게 눈에 띄는 색조차 칠하지 않은 것 같은데? 저래서 소설이라고 할 수 있을까?"라며, 만약 악어가 순진하다고 한다면, 그런 유의 순진한 의심의 목소리를 내며 폭넓은 독자층에 아부한다. 그러나 제대로 된 독서가라면 누가 상식적인 개념의 그림에 불과한 모델 A의 작품에 문학적 감흥을 느낄 수 있겠는가?

문학적 감동이란 그것을 읽는 사람도 결국 자기 부정에 이를 수 있을 정도로, 자기 자신의 변혁의 위기를 향해 스스로를 앞의 어둠 속으로 내던질 때 비로소 얻을 수 있는 것이다. 그리고 모델 A의 부류에는 없는, 진정한 작가의 전방의 어둠에 대한 극복 노력과 맞닿아 있는 곳에, 문학이라는 언어를 매개로 한 상상력의 작업의 독자적인 구조가 실재하는 것이다.

그런데 소설을 쓰면서 일단 몇 글자, 몇 줄의 글을 쓰고 나면 바로 찢어 버리는 작가에게는 너무나도 익숙한 행동, 그리고 색칠 놀이처럼 소설 흉내를 양산하는 인간은 도저히 이해할 수 없을 행동을 통해 내가 지금 구체적으로 말한 것은, 작가가 그 소설을 써 나가는 것 자체에 자기 부정의 계기가 포함되어 있다는 원리에 대한 것이었다.

상상력의 힘

한 가지 중요한 사실은, 한 자 한 자 써 내려가다 보면 결국 자기 부정의 순간에 이르게 되는, 자기를 변화시킬 수 있는 경험을 하게 된다는 사실이다. 적어도 작가 자신에게는 정말 중요한 일이다. 이미 여든이 넘은 헨리 밀러는 아주 최근에 번역된, 그것도 원문 자체가 매우 새로운 글에서 이렇게 말했다.

> 글을 쓰고 있다──그것이 중요한 것이다. 무엇을 썼는지가 아니라 쓰는 것 자체가 중요하다. 왜냐하면 글쓰기는 나의 삶이기 때문이다. 글을 쓴다는 순수한 행위 자체가 가장 중요한 것이다. 내가 무슨 말을 하느냐는 그다지 중요하지 않다. 쓴 글들은 종종 우스꽝스럽고 무의미하며 모순으로 가득 차 있다.──하지만 그런 것은 조금도 신경 쓰지 않는다. 재미있었는가? 내 안에 있는 것을 표현했는가? 그것이 중요한 것이다. 게다가 물론 나는 내 안에 무엇이 있는지 모른다. 그것이 정말 중요한 점이다.

헨리 밀러는 다른 작가들에게 쉽게 일반화할 수 없는 독특한 성격, 그가 좋아하는 표현을 빌리자면 태양 신경총太陽神経叢(solar plexus) 장애를 가진 성격이다. 그러나 작가 일생의 시간 속에서 소설을 쓴다는 작업 자체가 갖는 특별한 의미에 대해 생각해 보면, 밀러의 쓰는 행위에 대한 믿음은 우리에게 출발점에서부터 용기를 북돋아 준다.

일전에 언어에 대해 유난히 신중한 사고를 하는 경제사학자와 이야기를 나누다가 내가 생각해 낸 비유에 스스로 발목이 잡혀 혼란스러웠던 경험이 있다. 우리는 음악과 연극, 그리고 문학을 공통으로 관통하는 시간 축으로서의 상상력의 효용에 대해 이야기했다. 음악에서 악보의 첫 음표는 현실의 소리를 부여받는다. 그리고 마지막 음이 울려 퍼지기까지 어느 정도의 시간의 지속durée이 있다. 그 지속을 뒷받침하는 것은 연주자와 청중의 상상력이다. 한 편의 연극이 상연되는 몇 시간 동안에 대해서도 마찬가지이며, 그것은 거기서 가장 분명하게 드러난다. 우리가 잉크로 얼룩진 종이 뭉치에 불과한 책을 손에 쥐고, 시간 축을 관통시키며, 거기에 그려진 것을 생생하게 상상력의 세계로 구현해 내는 독서 또한 마찬가지다. 이러한 생명의 원천인(즉 생명이 어떤 시간의 지속durée인 이상, 음악·연극 그리고 문학에 생명을 부여하고 그것을 살아 있는 의식의 지속으로 만드는 힘을 가진 상상력이야말로 생명의 원천과 다름 없다) 상상력은 사회과학의 세계에서도 그대로 살아 있고, 현실 세계의 인간 생활에서도 끊임없이 살아 있다.

나는 이 상상력에 의한 지속으로서의 인간의 모습을 컴퓨터와 비교해 보려고 했다. 만약 어떤 과제가 설정되어 있고, 그 다음에 결론만 있을 뿐이라면, 인간의 행위는 컴퓨터의 활동과 다를 바 없지 않을까? 컴퓨터를 닮은 인간이라는 비유가 의식의 표면을 스쳐 지나갔을 때, 나는 문득 그것이 문학적인 이미지로 살아나기 시작한다는 것, 즉 의식의 표면을 미끄러질 뿐 아니라 깊숙한 곳까지 뿌리를 내리기 시작한다는 것을 느꼈다.

그리고 나는 언젠가 들었던 컴퓨터가 작동하는 소리를 떠올리며, 그 물 흐르는 듯한 소리가 나는 동안이야말로 컴퓨터의 풍요로움이 아닐까요, 라는 엉뚱한 말을 해 버렸다. 실제로는 컴퓨터에는 어떤 풍요로움도 없기 때문에 인간이 풍요로움을 확보하려면, 문제 설정부터 문제 해결 제시까지의 시간 동안, 살아 있는 인간의 의식과 육체의 총체적인 지속이 중요하다는 논리를 펼치려 했는데….

이런 혼란스러운 상황의 이면에는, 실제로 소설을 쓰는 동안 나의 내면에는 컴퓨터 내부처럼, 다른 사람에게는 전혀 의미가 없는 시간의 흐름이 존재한다는 사실을 내가 늘 의식하고 있었다는 점이 있다. 작가는 컴퓨터와는 비교할 수 없을 정도의 불확실한 원리에 자신을 내던지며 작업을 한다. 그의 시행착오는 흰 종이 위에 써 내려간 단어·문장이 곧바로 자신에게 되돌려 주는 거부 반응을 통해서만 하나하나 확인할 수 있다.

작가가 의지할 수 있는 척도는 말하자면 자신이 쓴 글에 의한 이의 제기뿐이며, 그 외에는 앞에 놓인 어둠에 작가 자신을 내던져 버릴 용기가 필요할 뿐이다. 여기서 중요한 것은 작가가 소설을 계속 쓰고 있는 작업 시간 동안 끊임없이 자신을 어둠 속으로 던지는 경험, 그리고 결국 자기 부정의 계기에 이르는 경험이, 그대로 한 작가의 내부적 경험으로 끝나지 않는다는 특수한 사정이다. 여기에는 '말'이라는 대단히 독자적인 소재를 다루는 작가의, 특별한 은총이라고 할 수 있는 것이 있다. 작가의 자기 부정의 계기에 이르는 체험이 '말'을 통해 역시 독자의 자기 부정의 계기를 내포한 체험과 만나게 될 때, 그것은 단순히 종이에 인쇄된 소설이 상상력의 참여로 살아 숨 쉬는 시간을 부여받았다는 현상에 그치지 않는다. 독자는 작가가 자신을 어둠 속에 던져 넣으며 한 마디 한 마디 자신을 확인하고, 나아가 그것을 재구성하려 했던 그 개인적으로 닫혀 있던 시간까지도 구체적으로 되살려 내고 있는 것이다.

이의 제기 : 왜 섹스와 폭력에 매달리는가

나는 작가가 소설을 쓸 때 자기 자신을 향해 이의를 제기하는 행위에 대해 구체적으로 언급해 왔다. 그러나 말할 필요도 없이 작가는 심지어 집필 중에도 끊임없이 외부로부터의 반대 의견에 노출되어 있다. 가장 간단한 예부터 시작하면, 앞서 모델 A 이야기를 하며 우연히 접하게 된 '알 수 없는'

소설이라는 이의 제기가 있다. 소설을 개념의 그림 정도로 알고, 일단 선 긋기가 끝나면 선 안에 십 년을 하루같이 꾸준히 같은 색채의 물감을 칠하는 것이 작가의 일이라고 여기는 모델 A에게 먼저 자신을 의심하라고 말할 수밖에 없을 것이다. 모델 A와 같은 독서 태도를 가진 사람에게는 다음과 같은 에르네스트 르낭의 말을 인용한 철학자를 본받아 거리를 두도록 하자. "독서가 도움이 되려면 어떤 수고travail를 수반하는 하나의 수련이어야 한다."

그래서 이제부터 내가 집필 중인 작가로서 외부의 이의 제기에 답하고자 하는 명제는 좀 더 근본적인, 그래서 좀 더 생산적인 것이 될 것이다. 나는 젊은 작가들, 혹은 작가를 준비하는 사람들에게도 동일한 명제의 선택을 권하고 싶다. 5년만 지나면 어떤 사람이 어떤 생각으로 주장을 했는지 아무도 기억하지 못하는 이의 제기에, 자신의 문학을 옭아매는 것처럼 '알 수 없는' 일이 있을까?

지금부터 검토하고자 하는 본질적인 이의 제기는 다음과 같은 것으로 대표된다. 즉, 작가는 왜 점점 더 성적인 것과 폭력적인 것에 끌리는 것일까? 왜 작가는 구원의 문제를 제대로 다루려고 하지 않는가, 종교가 전반적으로 쇠약해진 이 시대에 구원이야말로 문학의 주제가 아닌가?

작가는 왜 점점 더 성적인 것과 폭력적인 것에 끌리는 것일까? 성적인 것, 폭력적인 것에 매달리는 대신 그런 것과는 무관한 높은 곳에서 인간의 육체의 더 고상한 부분, 인간 행위의 더 고귀한 부분만을 주제로 삼아 문학을 만들 수는 없는 것일까? 이러한 이의 제기에 대해 가장 우선적으로 경계해야 할 한 가지 체크 포인트가 있을 것이다. 그것은 사실 문학에 대해 이렇다 할 관심도 없는, 문학 쪽에서 보면 무서울 정도로 빈약한 영혼이(그렇다고 해서 그것이 이른바 학력이나 교양의 기준과 직접적인 연관이 없음은 두말할 나위도 없다) 자기 분야의 실력자 티를 내면서 '문학에 대해 한마디해 볼까' 하는 마음을 먹게 되는 경우가 종종 있기 때문이다.

문학이라는 본질적 권위와도 정통적 전통과도 무관한, 전문 분야에서는 웬만큼 일상적인 언어를 구사할 수 있는 사람이라면 누구나 쉽게 한마디씩은 할 수 있다. 더욱이 마음속 깊은 곳, 혹은 아주 얕은 곳에 문학을 업신여기는 마음을 품고 있는 사람일수록 유독 문학에 대해 한마디하는 것을 주저하지 않는다. 정·재계의 실력자 등 권위주의 기풍에 찌든 이들과 사대주의 기풍을 가진 옛 친구의 결혼식, 혹은 두 번째 결혼식 등에서 동석해야 한다면, 결혼식이 진행되는 내내 몇 번이나 너는 작가냐, 사실 나도 문학청년이었다는 이야기를 듣게 될 것이다! 앞서 말한 모델 A의 문학 흉내 내기식 논의야말로 그들의 귀에는 가장 쉽게 들어올 주제라는 점도 이참에 덧붙여 두고자 한다.

그런데 이런 사람들을 잘못 다루면, 아니, 조금이라도 문학의 독자성에 대해 주의를 환기시키려고 하면, 순식간에 그간의 문학청년의 가면을 벗어 버리고, 특유의 권위자티를 내며 거드럭거리기 시작한다. 근데 말이야, 요즘의 문학은 섹스와 폭력 말고는 쓸 게 없다고 믿는 자들의 난잡한 소란만 있지 않나, 도대체 무슨 영문인가, 경문학硬文學의 기풍은 사라진 지 오래인가, 이런 식이다. 사실 대부분의 국가에서 검열은 이런 유의 정신 지도에 의해 이루어진다. 작가는 검열과 싸워야 하지만, 굳이 비문학적인, 성과 폭력 담론에까지 뛰어들 필요는 없을 것이다. 그때, 작가는 "당신에게는 정말 문학에서 성적인 것과 폭력적인 것이 중요한 관심사냐"고 정색하고 되물어야 할 것이다. 우리 작가들에게 그것은 문학의 생사를 건 과제인데, 라고 말이다.

그러나 일단 그렇게 말한 이상, 작가에게는 성적인 것과 폭력적인 것이 어떻게 문학의 생사를 가르는 문제가 되는지 밝혀야 하는 것은 당연하다. 나는 역시 작업을 계속하고 있는 한 명의 작가로서, 이 명제에 대해 나의 작가로서의 경험에 입각한 대답을 시도해 보려고 한다.

fuck과 오망코

우선 성적인 것에 대해 말하면, 검열에 대한 투쟁에 있어 일본과 영어권·프랑스어권 사이에는 뚜렷한 차이가 있다. 그 사정은 정말 간단하다. 영어권, 그것도 미국을 예로 들자면, 가령 fuck이라는 이른바 four-letter word가 문학에서 종이에 인쇄될 수 있는 시민권을 얻기까지 작가 혹은 출판사는 검열과 오랜 투쟁을 해야 했다. 일본어의 세계에서도 '오망코 オマンコ'(여성의 성기를 가리키는 속어)라는 명사는 그 쓰임새가 확실히 제한되어 왔다. 이 한마디만으로도 출판 금지 처분을 받은 인쇄물도 분명 있었을 것이다. 하지만 이 안쓰러운 단어는 fuck이라는 단어의 수난과 해방의 역사와 같은 길을 걸어야만 했던 것일까? 우선 이 일본어가 미국 문학계에서 fuck이 갖는 사용 가능성의 다양성에 비해 턱없이 제한된 유효성만을 가지고 있다는 것을 인정해야 할 것이다. 미국의 새로운 구어체colloquial를 구사하는 젊은 작가들의 글에서 fuck이라는 단어가 얼마나 찬란한 역할을, 그것도 얼마나 자주 사용되는지, 읽은 사람이라면 누구나 동의할 것이다.

그리고 예를 들어 '오망코'라는 단어가 점차 일본 국내의 인쇄된 지면 전면에 공공연히 등장하게 되었지만, 결정적인 검열과의 싸움에서 승리한 하나의 기념비가 그 경계에 세워

졌다는 것은 아니었다. 그것은 은밀하게, 조심스럽게, 암묵적인 동의를 주고받으며 지면에 스며들었다. 그리고 그것뿐이었다. 왜냐하면 이 말에는 연쇄적인 파괴력은 숨겨져 있지 않았기 때문이다.

그런데 fuck을 대표로 하는 four-letter word는 마치 다이너마이트가 줄줄이 연결된 도화선과도 같았다. 우선 이 단어의 관문을 경계로 검열과 작가, 출판사와의 치열한 공방이 있었다. 그리고 검열 측이 패배했을 때, 첫 번째 큰 다이너마이트 폭발음이 전국에, 적어도 그 주 전체에 울려 퍼졌다. 그리고 미국에서 문학·영화·연극 검열의 전면 폐지를 향한 길은 결코 평탄하지는 않았지만, 이 치명적으로 효과적인 도화선은 계속해서 폭발을 일으켰다.

생각해 보면 영화 필름에 비친 음모의 존재는 fuck이라는 단어에 비하면 하찮고 미미한 그림자 같은 존재였다. fuck이라는 단어는 그것이 제대로 문학의 세계로 인도되는 한 언제까지나 파괴력을 잃지 않을 것이며, 그 파괴력의 행방은 인간의 영혼과 결부된 모든 분야를 아우르지만, 영화 필름에 비친 음모가 주는 충격의 파급력은 대체로 제한적일 것이기 때문이다.

그나저나 영어권에서 fuck을 비롯한 four-letter word가 어째서 이토록 강력한 폭발력을 지니게 된 것일까? 그것은

영어권-기독교권에서 '신神'이 말 자체의 궁극적인 incarna-
tion화신(化身)인 것처럼, 말은 결국 하나의 뚜렷한 육체를 갖
춘 것으로 인식되기 때문일 것이다. fuck이라는 '단어'가 다
음과 같은, 아마도 영어권에서 가장 유명한 시인인 기독교도
의 word와 같은 '단어'로서 경쟁할 때, fuck 같은 단어는 자
신들이 가장 격렬하게 거부해야 할 적이라는 것을 자각하는
이들이 많았을 것이다. 일본에서 '오망코'라는 단어를 천황
제 문화에 대입시켜 보려는 시도가 어느 시대에나 음흉한 집
요함으로 이루어졌고, 그것이 얼마나 격렬한 저항에 부딪혔
는지를 생각해 보면, 한 가지 유추가 가능할 것이다.

> The word within a word, unable to speak a word,
> Swaddled with darkness. In the juvenescence of the year
> Came Christ the tiger

어둠의 소용돌이에 휩싸여 침묵하고 있는, 말 속의 '말',
언젠가 호랑이 그리스도로 환생하여 나타날, 말 속의 '말'.
그런 '말'의 세계에서 당연히 혐오스러울 수밖에 없는 fuck
이라는 단어야말로, 말 속의 말로서, 투쟁의 깃발 아래 몸을
던지는 이들의 격렬한 긴장감이 검열과의 투쟁과 그 이후의
반항적인 문학의 질을 지탱하고 있는 것이다.

그런데 일본에서는 성적인 것과 관련된 단어는 특별히 눈에 띄는 투쟁 없이 인쇄된 종이의 세계로 들어왔다. 실제로 한 청년이 종합 예술의 야망을 발휘하여 아트지에 사진과 글을 함께 인쇄하는 잡지를 단독으로 발행한다고 가정할 때, 그는 '오망코'라는 단어를 인쇄할 수는 있지만, 한 움큼의 음모 사진을 인쇄할 수는 없다. 생각해 보면, 이것이야말로 말의 파괴력에 대한 근본적인 경시·경멸이 아닐까?

어쨌든 이러한 사정으로 일본 문학계에서 성적인 것의 표현의 파괴력은 단어 자체보다는 단어의 한 집합이 표현하는 이미지에만 집중되게 되었다. 여기서 내가 일단 파괴력이라고 부르는 것은 우리의 의식 속에서 개념화되어, 죽어 있는 '사물'의 경직된 표층을 파괴하고, '사물' 그 자체의 살아 있는 실재에 이르게 하는 힘이다. 그것은 환기력이라고 표현해도 무방할 것이다. 즉 표현의 핵심을 이루는 힘이다. 따라서 성적인 것의 표현의 파괴력이란 표현의 핵심을 이루는 힘으로서 성적인 것의 효용을 생각하는 것과 다름없다.

표현의 핵심을 이루는 힘의 하나로 방법론적으로 성적인 것을 생각하고자 할 때, 성적인 것에 온몸과 영혼을 다 바쳐 몰입한 두 작가를 특별하게 취급하는 것이 공정할 것이다. 그 중 한 명은 사랑이 인간과 세상의 모든 것을 뒤덮는 순간을 성적인 것의 전면적 해방을 통해 현실화하고자 했던 로렌스

이며, 또 한 명은 모든 인간과 세상에 대한 끝없는 자애를 성적인 것의 활동으로 표현하는 것만을 일생을 통해 관철시킨 밀러이다. 그들을 향해, 당신은 왜 성적인 것을 문학에 끌어들이는가, 성적인 것 없이 해 보면 어째서 안 되는가? 라고 묻는 것은, 역시나 누구의 눈에도 상식 밖의 일이기 때문에, 나는 오직 나 자신의 작가로서의 경험에 근거해서 쓰고 있는 이 글에, 두 빛나는 성의 수호신의 가호는 바라지 않을 생각이다.

성聖의 고수와 성性의 고수

한편 나는 작가로서 비교적 이른 시기부터 성적인 것을 방법의 근간이자 전체를 지탱하는 일종의 자석으로 삼아 왔다. 그리고 그것을 나름대로 논리화하여 글로 풀어내고자 노력해 왔다. 작가가 행하는 이런 식의 양면 작전, 즉 한편으로는 진지를 부지런히 구축하면서 다른 한편으로는 말을 타고 공격에 나서는 방식이 호의적으로 받아들여질 가능성은 거의 없다. 그러나 나는 영리한 아기 돼지가 경멸할 만한 건물을 한쪽에서 만드는가 하면, 한쪽에서는 절뚝거리는 야윈 말을 타고 돌진하는 식의 행동을 계속했다. 그리고 이렇게 성적인 것을 구체적으로 소설에 도입하면서, 또 방법론적으로도 제시하려는 노력에 대한 반응 속에서, 언제부터인가 두 가지 특별한 점이 눈에 띄기 시작했다.

특히 다음과 같이 일본의 도덕 전통이 얼마나 뿌리 깊은지 (그것은 word의 나라인 기독교 도덕의 반발력을 떠올리게도 했지만) 느낄 수 있는 특별한 사례도 있다. 내가 소설로서는 높은 평가를 아끼지 않는 한 장편 소설의 영화화 작품을 원작자 부부와 함께 시사회장에서 보았던, 폭풍우처럼 비바람이 몰아치던 오후의 일이다. 스타가 나체를 드러내기도 한 이 영화는 결말 부분의 모호한, 게다가 살인이라는 관객의 판단의 자유를 박탈하는 처리 때문에 독선적인 난해함을 드러내야 하는 영화였다. 그 사실을 조심스럽게 말하자(내가 굳이 그런 참견을 한 이유는 제작자들이 끈질기게 비평을 요구했기 때문이기도 하고, 마지막 몇십 피트만 잘라 내면 영화가 살아날 수 있었기 때문이다. 하지만 영화 제작자들은 홍보용 찬사만 원한다는 것을 알게 된 후로는 시사회장에 간 적이 없다) 작가의 탁월한 협력자로 알려진 그 부인은 갑자기 큰 소리로 이렇게 반발하며 나를 모욕했다. 당신처럼 섹스로 독자를 모으는 게 아니니까! 이 반격의 논리적 연결 방식은 '여성의 논리'로서 존중하기로 하고, 내가 인상 깊게 생각한 것은 일단 해방된 인간처럼 보이는 지적인 여성의, 문학에서 성적인 것에 대한 느낌의 실체라는 점이었다. 이러한 도덕적 감수성을 가진 사람들도 역시, 왜 성적인 것을 소재로 삼느냐, 달리 소설에 쓸 게 없느냐고 묻는 부류에 속할 것이다.

그런데 앞서 언급한 나의 소설과 에세이에서 성적인 것의 제시에 대해 특징적으로 나타난 반응은 말하자면 좀 더 전문적인 것이다. 그중 하나는 성적인 것을 신비주의의 고고한 안개 속으로 끊임없이 후퇴시키려는 사제와 같은 정신과 취향을 가진 사람들이 하는 "너는 얼마나 단순한 소리를 하고 있느냐"는 비판으로 대표된다. 그리고 또 하나는 잠자리의 고수라고 할까, 구체적으로 성기의 전투 경력에 자신 있는 사람들이 코끝을 씰룩거리며 엷은 미소를 띤 채, "아니, 난 너따위 상상도 할 수 없는 성적(이라기보다 단도직입적으로 성교의) 경험이 넘쳐 나"라고 하는 비판이었다.

성적인 것을 신비주의의 동굴로 끌어들이는 방식은 성적인 것이 육체와 의식의 사이, 당사자 스스로도 명료화하기 힘든 질척한 부분과 연결되어 자각된다는 점에서, 거의 항상 주목을 끌 수 있다. 그러나 문제는 거의 모든 사람이 이 방식을 채택할 수 있기 때문에, 일단 신비주의적인 성의 제사장이된 사람조차도 느긋하게 안심하고 있을 수 없다는 것이었다. 새로운 제사장이 속속 등장했다. 오래된 제사장은 단번에 가장 새로운 제사장이 되기 위해 누구보다 어둡고 깊은 신비주의의 동굴로 뛰어들었다. 게다가 성적인 것을 신비주의의 안개 속에서 파악하려는 사람들은 주로 프랑스어나 독일어의 세계에서 실마리를 찾고 제사장이 되기 위한 부적을 얻게 되었기 때문에, 참으로 잡다한 신비주의적인 성 문헌이 흑마술에서 마니에리슴maniérisme까지, 말하자면 시간과 공간을 뛰어넘어 일본어로 옮겨지게 된 것이다.

그 꺼림칙한 냄새를 풍기는 여러 문헌들이 심심풀이 독서에 적합했다는 것까지 부정할 생각은 없다. 그러나 신비주의의 안개 속 성적인 것을 문학의 영역에서 실재감을 갖춘 실체로 만들기 위해서는 엄청난 내공이 필요하다. 이를 현실로 이뤄 낸 작가는 정말 드물다. 일본에도 「A 감각과 V 감각」과 같은 살 냄새 나는 과학성을 바탕으로, 독자적인 성적 바벨탑을 쌓아 올린 뛰어난 산문시 작가(이나가키 타루호稲垣足穂로 추정)가 있었다. 하지만 그가 제대로 된 긴장감 있는 작업을 한 것은 어느 청춘의 한 시기와 그 후 간헐적으로 찾아온 몇 번의 개화기뿐이었고, 노년이 가져온 쇠약은 그를 초췌하게 만들었다. 지금은 이미 아무런 실체도 없는 무디고 이완된 성적 신비주의의 시든 꽃을 꽂고 경박하게 춤을 추는 모습은 차마 눈 뜨고 볼 수 없지만, 그래도 그는 한때 정말 드물게 단기간의 강렬한 긴장감으로 성적 신비주의에 실체감을 부여하고 문학을 문학답게 만든 몇 안 되는 작가 중 한 명으로 기억될 것이다.

우리는 성적인 것을 신비주의의, 그것도 이국적인 향기로 포장하는 사람들에 대해서는 항상 '사물'의 실체적 감각으로 돌아가서 그 실체를 파악하기 위해 노력해야 할 것이다. 그것들이 우리에게 '사물' 그 자체의 현장감을 살린 채, 손에 잡히는 실체로서 전달될 때 비로소 그것은 문학 창작 현장의 구체적 계기가 될 수 있을 것이다.

반대로, 자신의 화려한 성기 전력戰歷을 자랑하는 침대 위고수의 적나라한 경험의 자신감에 대해서는, 그가 자랑스러운 성기를 바지 속에 집어넣고 여자들에게 잠시 작별 인사를 한 후 흰 종이 위에 소설을 쓰기 시작할 때까지 이쪽의 대답을 유보해야 했다. 그러나 다른 주제에 대해서는 단순히 경험주의에 입각한 어리석음을 범하지 않는 지적으로 강인한 작가들이 유독 성적인 것에 대해서는 상상력의 발휘와 방법화의 토대 위에 구체적인 성적 경험을 두는 것처럼 보였던 것은, 역시 인간의 의식과 육체, 특히 그 사이에서 성적인 것이 차지하고 있는 특별한 위치, 기능의 의미를 보여 주는 것이라 하겠다.

그런데, 이들 침대 위의 고수들이 실제로 쓴 작품들 중에는 역시 자신들의 건장한 성기로 싸워 전장에서 실제로 체득한 예리한 관찰이 빛나는 현장감을 구현한 경우가 있었다. 성적인 것, 즉 육체와 의식의 미묘한 혼재에서 육체의 소리와 의식의 소리를 각각 명료하게 재생해 주는 정교한 재생 장치를 갖춘 문장이 있었다. 하지만 이 작가는 분명 수많은 성교를 경험한 것이 틀림없지만, 그것이 다가 아닌가 하는 한숨이 나올 정도로 피스톤 운동의 반복적인 기운만이 허무하게 울려 퍼지는 경우도 종종 있었다.

대부분의 경우에 나르시시즘을 피해 가던 의식 있는 사람이 성적인 것의 표현에 이르면 자기도 모르게 자의식에 발목을 잡히고, 또 그것을 깨닫지 못하는 것도 반대로 조명해 보면 문학의 주제로서 성적인 것이 지닌 새로운 비밀이다. 다만 그 경우, 너는 왜 성적인 것을 그리는가라는 질문을 다름 아닌 작가 자신에게 던져 볼 필요가 있을 것이다. "내가 침대 위의 고수이기 때문"이란 것은 농담으로밖에 들리지 않는다. 게다가 그것은 아주 낡은 농담이다.

이의 제기에 당당히 맞서라

나는 성적인 것에 대해 작가에게 제기되는 여러 가지 이의 제기에 대해 글을 쓰고 있다. 그러나 모든 문학적 주제는 개인적인 것이다. 나는 다름 아닌 내가 왜 성적인 것에 대해, 그것을 내 소설 세계에 도입하는지에 대해 이야기해야 한다. 사실 이에 대해 이미 여러 차례 언급한 바 있지만, 모든 문학적 방법 의식과 실체와의 만남·결합은 일회적이다. 한 편의 소설이 끝나면 거기서 발견한 방법도 끝나는 것이다. 새로 글쓰기를 시작하는 작가는 과거에 아무리 많은 양의 작품을 썼더라도 원칙적으로 맨주먹으로 시작한다.

우선 내 작품들을 먼발치에서 바라보자면, 나는 그 작품들에서 성적인 것을 대상 그 자체로 다루기보다는 방법론으로 채택한다는 의식이 강했다. 따라서 성적인 것이 표현의 목적이 되는 경우는 드물었다. 나는 성적인 것보다는 다른 것을 표현하기 위해 성적인 것의 방식을 채택하려고 했던 것이다. 나는 로렌스적인 세계와 가장 동떨어져 있었다. 말할 필요도 없이, 그것은 소설을 쓰려는 작가의 깨어 있는 의식의 영역에서의 총화다. 그러나 이미 반복해서 말했듯이, 성적인 것을 다루다 보면 그것을 다루려는 의식 자체가 자신도 모르게 먼저 모래 위에 발을 내딛는 것과 같게 된다. 나는 작품 자체에서 나 자신이, 다름 아닌 나의 방법 의식을 배반하고 있는 부분을 수없이 발견하게 된다.

그리고 지금 새로운 소설을 쓰면서 성적인 것을 방법으로서뿐 아니라 궁극적으로 표현되어야 할 것으로서 다시 파악하려고 노력하는 나를 발견한다. 따라서 나는 지금 새롭게 나 자신을 향해 너는 왜 성적인 것을 문학에 도입하는가라는 질문을 던지고, 그 이의 제기의 목소리에 답해야만 한다. 그래서 지금 간절한 마음으로 나 스스로 답하고자 하는 논제를 가장 단적으로 요약하면 다음과 같다.

나는 인간의 성적인 것에 대한 정열에는 본질적으로 자기 부정의 계기가 있다고 생각한다. 20세기 후반의 인간은 그의 일상·사회생활에서 피할 수 없는 사고를 제외하고는 가능한 한 비극적인 계기를 제거하려고 노력해 왔다. 이제는 그 일이 언젠가 자신의 목을 조르게 될지도 모르는, 반반의 확률이란 것을 알면서도, 단지 열정에 이끌려 어둠 속으로 뛰어드는 일을 보통 사람은 감히 하지 않는다.

그러나 성적인 것의 함정만은 여전히 남아 있다. 예를 들어, 그것이 없었다면 평생 평균적인 삶을 살았을 한 상식적인 사람이 갑자기 어린 여자아이를 강간하여 살해하는 등의 사건을 일으켜 그의 일생을 전면적으로 부정한다. 뛰어난 재능을 가진 사람이 남들이 보기에는 하찮은 성적 변태 충동으로부터 자신을 지켜 내지 못한다. 그 충동에 몸을 맡기면 치욕스러운 파멸에 이르게 된다는 것을 의식적으로 너무나 잘 알면서도, 온갖 모호한 미의식으로 꾸민 무대 장치 속에서 그 미화된 종말을 준비하기 위해 처참할 정도로 노력을 거듭하는 경우가 있다. 그리고 비극은 이루어지지만, 한 장의 해부 소견서는 그 모든 비극의 무대 장치의, 심지어는 인간적이기까지 한, 비참한 이면을 드러낸다.

그것은 모두 성적인 것과 관련이 있다. 그리고 그 이상도 그 이하도 아니다. 게다가 성적인 것에 관한 한, 우리에게는 저 살인자도, 이 자살자도 다름 아닌 성적인 것을 통해 일상의 이편에 머물러 있는 우리로서는 절대 볼 수 없는 초월적인 비전을 본 것이 아닌가 하는 큰 선망의 마음이 생기는 것을 금할 수 없지 않겠는가? 그리고 우리에게도 그들에게도 그 절대적 경험, 초월적 비전의 실마리는 오직 성적인 것뿐이며, 다름 아닌 우리 자신의 손에 바로 그 성적인 것의 계기가 어느새 분명하게 쥐어져 있다는 것이 은밀한 공포심을 자극한다.

우리는 일반적으로 결국 자기 부정에 이르게 하는 열정과는 인연을 끊은 채 살아가고 있다. 그러나 실제로 육체와 의식을 덮고 있는 성적인 것이 실재하고, 우리가 매일의 성관계 속에서 육체와 의식의 울타리를 넘어서는 순간을 경험하며 살아간다고 한다면, 언제, 어떤 방식으로, 폭풍 같은 성의 열정이 우리를 덮칠지 가늠할 수 없다. 그것을 인정할 때 우리는 자신의 일상에 어두운 균열이 생기는 것을 보지 않을까? 그때, 한 명의 성적인 것에 대한 기이한 열정으로 가득 찬 모험가를 문학의 세계로 인도하는 것의 의미는 보편적인 것이 될 것이다.

나는 지금 성적인 것에 대한 기괴한(게다가 언제 그 안으로 빠져 들었는지도 모르는) 열정에 사로잡힌 인간이라는 이미지를 제시하는 것을 내 소설 세계에서 생각하면서, 여기에 이른바 고전적 등가물équivalent을 제시하고자 하는 희망을 품고 있다. 그리고 내가 성적인 것과는 다소 거리가 먼, 그러면서 지금까지 말한 것과 가장 가까운, 한 사람의 열정적인 모험가로서 발견하는 것은, 도스토옙스키가 도박에 사로잡힌 인간이라는 형태로 창조한 한 청년의 이미지와 다름이 없다. 그는 자신이 사랑하지만 그 사랑에 그대로 응답해 주지 않는 여자의 위기 상황에서 도박을 통해 거액의 돈을 벌겠다는 생각에 사로잡힌다.

아니, 정말이지, 이상하게도 터무니없이 기이한 생각이, 남의 눈에는 전혀 실현 불가능해 보이는 생각이, 머릿속에 단단히 뿌리를 내려서, 결과적으로 마침내 실현 가능한 일처럼 느껴지는 경우가 종종 있어…. 뿐만 아니라 그 생각이 강렬하고 열정적인 욕망과 연결되면, 경우에 따라서는 마침내 마치 숙명적이고, 절대적으로 필요한, 예전부터 그렇게 정해져 있던 것처럼, 더 이상 다른 것을 생각할 수 없는, 반드시 그렇게 될 수밖에 없는 것인 양 착각하게 되는 경우도 있지!

청년은 무조건 자신이 이긴다는 이 기괴한 생각의 포로가 되어(포로가 되기를 스스로 선택했다고 해야 할 것이다. 그것은 어디

까지나 자율적인 결정이다.) 도박판에 나가고, 실제로 이기기 시
작한다.

나는 열에 들뜬 듯이 산더미 같은 돈을 몽땅 그대로 빨간색에 걸
었다. ── 그런데, 그 순간 문득 정신이 들었다. 그러자 그날 밤,
밤새도록 게임을 계속하는 동안 이전에도 이후에도 딱 한 번, 공
포가 스윽 스쳐 가면서 무심코 소름이 돋았고, 거기에 반응하듯
손발이 덜덜 떨리기 시작했다. 이것을 빼앗긴다는 것이 지금의
나에게 어떤 의미일까! 그것을 뼈저리게 느꼈고, 바로 그 의미를
깨달은 순간 소름이 돋았다. 이 내기에는 내 목숨이 걸려 있다!

우리에게 청년이 내기에서 이기고 지는 것은 사실 가장 중
요한 것이 아니다. 성적인 것에 대해 말하자면, 그것은 성교
에 임하며, 지금부터 내기를 한다는 열정만 있을 뿐, 이기고
지는 것은 없다. 게다가 거기에는 다양한 의미에서 인간의
온 생명이 걸려 있는 경우가 많다. 비록 다른 사람의 눈에는,
그리고 반쯤 각성한 자신의 의식에는 미친 짓으로 보일지라
도 말이다. 그리고 그것을 극복한 사람만이 다음과 같이 말
할 수 있다.

어쨌든 나는 목숨을 거는 것 이상의 위험을 무릅쓰고 겨우 이만
큼을 얻었다, 과감히 그만큼의 위험을 감수했다, 그렇기에 ── 나

는 다시 인간의 대열에 합류할 수 있었던 것이다!

　나 역시 한 명의 작가로서 소설을 쓰면서, 특히 성적인 것을 계기로 이렇게 인간의 대열에 합류할 수 있었다, 라고 외칠 수 있는 인간을 만들어 내고 싶다. 그런 외침을 내가 흰 종이에 써 내려가면서 내부의 이의를 제기하는 목소리에 펜이 꺾이지 않는다면, 그때 나의 소설은 이제 준비 태세를 갖추고 외부의 이의를 제기하는 목소리에도 다시 정면으로 맞서기 시작한 것이다.

　이제까지 나는 주로 성적인 것에 대한 전형적인 이의 제기에 답해 왔지만, 왜 폭력적인 것을 자신의 소설에 도입하느냐는 질문에는 좀 더 명료한 대답이 있다. 지금 우리는 지구를 순식간에 날려 버릴지도 모르는 핵의 폭력, 그리고 우리가 살아가기 위한 물과 음식의 모든 것을 조금씩 오염시키고 있는 공해의 폭력 속에서 극히 미미한 약자, 금방이라도 부서질지도 모르는 존재로 살아가고 있다.

　게다가 일상생활의 표층에 관한 한, 우리는 인류 역사의 어느 시대보다 폭력으로부터 안전하게 보호받고 있는 것처럼 보인다. 오직 암癌만이 어느 순간 우리 곁에 다가와서 자각했을 때 이미 저항할 수 없는 유일한 폭력이라고 생각하기 십상이다. 그 본질적인 깊이와 일상적인 표층 사이의 괴리가 작가의 인식의 중심에 닥쳐올 때, 어찌 폭력적인 것이 그의 인간 표현을 위한 주요한 방법, 중요한 단서가 되지 않을 수 있겠는가?

이렇게 한 명의 작가인 나는 성적인 것, 폭력적인 것을 적극적으로 도입하면서 내 소설을 써 나가고 있다. 이것 말고는 나에게 있어 '다시 인간의 대열에 들어가기' 위한 행위가 없다고 한다면, 작가에 대한 또 하나의 전형적인 이의 제기, 즉 현대의 작가는 왜 구원의 과제를 추구하지 않는가라는 물음에 대한 나 혼자만의 은밀한 대답이 저절로 떠오르는 것 같다. 그러나 작가의 구원에 대한 시도는 항상 소설의 진행과 병행해서만 진행된다. 작가는 일단 소설이 완성되면 다시 한번 자신이 일상과 그 너머의 공간, 그 사이의 깊은 균열을 가로질러, 먼 구원을 바라보고 있음을 깨닫게 될 것이다. 그래서 작가는 또다시 앞이 캄캄한 어둠 속으로 자신을 내던질 수밖에 없다. 내부와 외부의 이의 제기에 막대로 찔리면서, 게다가 그것을 마치 유리 섬유로 만들어 잘 휘어지는 높이뛰기용 막대처럼 꼭 쥐고서….

5. 표현되는 말의 창세기

작가의 육체=의식

작가가 소설을 쓰면서 마주하게 되는 근본적인 번민 중 하나는, 지금 나는 과연 이 소설이라는 이름으로 종이 위에 쓰고 있는 것을 정말 표현하고 싶은가, 하는 의구심에서 비롯될 것이다. 그렇다면 그 소설보다 다른 소설이 표현하고 싶은 진정한 대상인가 하면, 그렇지 않다고 볼멘소리를 할 수밖에 없다. 소설의 주제를 어떻게 바꾸더라도 답답함은 남아 있을 수밖에 없는 것이다.

그리고 작가는 마침내 다음과 같은 결론에 이를 것이다. 지금 쓰고 있는 이 소설보다 오히려 소설을 쓰고 있는 중인,

현실 세계 속의 존재인 나의 육체=의식을 있는 그대로 표현하고 싶다라고. 실제로 특히 20세기 작가들은 그러한 초조함에 사로잡히는 경향이 점점 더 심해졌다고 해야 할 것이다. 개중에 성질 급한 사람은 글을 쓰는 자신과 쓰여진 소설을 중첩시키기 위해 다소 환각적인 효과를 노리는, 그다지 신통치 않은 발명을 연이어 시도했다. 나는 글을 쓴다, 라고 쓴다, 라고 쓴다⋯ 라는 식으로. 그중에서도 특히 파격적인 이들은 한 번 쓴 글자가 지워진 흔적까지 활자나 상감 볼록판으로 인쇄한 사람들이다. 아마도 더 정교한 발명을(그러나 그것은 아무리 정교하다 해도 말초적인 발명의 지평을 벗어날 수 없을 것으로 예상되지만) 능숙하게 해내는 작가가 등장할 것이다.

그리고 이러한 시도는 단순한 것부터 복잡한 것까지, 글을 쓰고 있는 자신을 온전히 독자의 눈앞에 드러내고 싶다, 그것이야말로 내가 진정으로 표현하고 싶은 것이다, 라는 창작 행위의 주제에 대한 자각이 방법의 탐구로 전환된 것이다. 우리는 일단 지워진 글자를 그대로 인쇄하는 등의 번거로운 기법을 인내심을 가지고 견뎌야 하는 일말의 근거를 발견하게 된다.

게다가 소설의 창작과 글을 쓰고 있는 자신, 창작 활동 중인 자신을 그대로 드러내고자 하는 욕망은 20세기, 그것도 두 차례의 세계 대전 이후 점차 적극적으로 결합되어 구체화되었다고는 하지만, 아마도 소설의 탄생 이래로 오랫동안 역사에 뿌리를 두고 있는 경향인 것 같다. 영국 소설의 초창기, 일찍이 로렌스 스턴Laurence Sterne은 소설의 전면에 작가의 얼굴을 등장시켜 소설의 객관적인 독립 세계를 침범하고, 형형색색의 물감을 칠한 페이지를 삽입하여 소설의 주제를 표현하려 하거나, 몇 개의 선을 긋고 이것이 이 장의 줄거리라는 것을 시각화(!)해 보여 주지 않았는가? 소설의 줄거리 전개, 구조의 입체화, 묘사의 집적과 같은 소설의 표면적인 작업의 그늘에 숨은 채 가만히 있을 수 없다는 의식은 소설이 처음 등장했을 때부터 있었다고 봐야 하지 않을까?

소설 세계의 거대한 전체적 구축에 대해 가장 정력적이었던 발자크의 소설 역시, 예를 들어 『사촌 베트La Cousine Bette』를 읽으면, 작가가 19세기 초의 파리에 단단히 뿌리를 내리고 있는 자신을 독자에게 끊임없이 드러내고 있다는 것을 알 수 있다. 그것은 거의 뻔뻔스럽게 느껴질 정도다.

발자크를 인용하는 것이 다소 거창하다면, 나는 어느 무명 '작가'의 일화를 통해서도 같은 이야기를 할 수 있다. 어느 여름, 나는 봄부터 줄곧 자신의 소설을 읽고 잡지에 소개해 주지 않으면 목을 매겠다는 편지를 보내온 '작가'와 마주하고 있었다. 우리 앞에는 단단히 묶인 원고지 뭉치가 놓여 있었다. 첫 장에 한 줄, 나는 소설을 쓴다, 라고 적혀 있다. 그리고 그뿐이다. 그 뒤로는 계속 백지 상태였고(그는 내가 그 새 하얀 원고지를 한 장 한 장, 그것도 천천히 넘기지 않으면 정말 무서운 눈빛으로 노려보았다), 나도 여기에는 일종의 감명을 받았는데, 마지막 페이지 마지막에 한 줄, 나는 소설을 썼다, 라고 적혀 있었다. 내가 다 읽자마자 '작가'는 곧바로 잡지사에 소개 전화를 걸라고 재촉했다. 그리고 너는 실제로 소설을 하나도 쓰지 않았지 않느냐고 묻자, 내가 지금 여기 있지 않느냐, 잡지에 실린다는 약속만 있으면, '나는 소설을 쓴다'와 '나는 소설을 썼다' 사이를 문자로 메울 것이다, 그 소설은, 이 봐, 지금 내 안에 실재하고 있다고, 나를 봐, 의심하는 거냐?라며 '작가'는 화를 냈다. 얼마 후, 한 잡지의 소설 공모에 이 약속어음 형태의 소설이 투고되었다는 소문을 들은 적이 있다.

나는 그 무명 '작가'가 실제로 하얀 원고지를 그 소설로 채우는 날이 올지 어떨지 모르겠다. 그러나 하얀 원고지를 넘기며 그 '작가'가 보여 준 표현에 대한 갈망만큼은 정말 뼈저리게 느꼈다. 역시나 그때 그 '작가'가 하얀 원고지를 통해 나를 향한 자기표현을 쏟아 냈다는 것을, 이제는 의심하지 않는다. 마지막에는 나를 때리려는 작가를 어떻게든 밀쳐 내려다가, 비참하고 슬픈 이별이 이루어졌지만 말이다. 이 무명 '작가'는 펜을 쥐는 오른손의 세 손가락을 성화聖化하기 위함인지 초록색 포스터컬러로 칠해 놓았다. 그는 적어도 그 여

름날 하얀 원고지 앞에서 나를 뚫어져라 쳐다보던 한 시간의
이 현실 세계에서의 실재감만큼의 것을 마침내 완성된 소설
로 내게 재현할 수는 없을 것이다.

　남의 작품, 혹은 남이 끝내 완성하지 못할 작품에 대해서
는 말할 필요조차 없다. 한 명의 작가로서 나 자신이 소설을
쓰면서 살아가고 있는 생존의 단적인 증거를 스스로에게 부
여하고 싶은 순간이 있다. 그럴 때 나는 앞으로 써 내려갈 소
설을 생각하기보다 지금 이 순간의 나 자신을 현재 종이에
쓰고 있는 글의 전면에 내세워 다시 한번 종이 위, 펜을 쥐고
있는 손의 이쪽의, 나의 실재감에 연결하고 싶다는 소망을
품게 되기 때문이다. 다만, 그런 소망에 사로잡혀, 그 소망을
원동력으로 하여, 원고지 앞에서 살아가는 육체=의식의 추
진력으로 써 내려간 소설이 제3자의 눈에 나 자신을 직접적
으로 드러내고 있느냐 하면, 꼭 그렇지는 않다. 그리고 그것
은 아마도 작가의 의식과 상상력, 그리고 소설의 구조 자체
가 내포하고 있는 메커니즘이 만들어 내는 결과에 기인할 것
이다.

기억해 주십시오 나는 이렇게 써 왔습니다

　내 작품으로 치자면『손수 내 눈물을 닦아 주시는 날みず
から我が涙をぬぐいたまう日』은 1945년 어느 여름날 한 중년
남성이 자신의 영혼을 모두 불태운(라고 믿음으로써 그 삶을 완
성하고 싶은) 이야기다. 이야기, … 여전히 소설의 근본적인
과제 중 하나를 단어 자체로 표현하고 있는 이 특별한 단어
에 걸맞게 소설을 전개하려면, 대역 사건이 발발했던 시간적
위치에서 시작했어야 했다. 나는 이야기 중심의 소설 전개를
싫어하는 것은 아니다.

　발자크의 예를 반복해서 들자면,『사촌 베트』의 집요하게
밀려왔다가 물러나는 끝없는 파도의 운동과 같은 이야기의
연속을 다른 소설의 구성으로 대체할 수는 없는 것이다. 나
는 이 이야기의 복수담의 계기에 일단 자신을 내던지고, 그
다음은 폭풍 속 항해처럼 계속 흔들리면서 끝까지 이끌려 가
는 것 말고는 이 소설의 세계를 경험할 다른 방법이 없다. 포
크너식으로, 결핵으로 임종을 앞둔 노파의 의식의 빛과 그림
자를 통해 재구성할 수 있을지도 모르겠다. 그러나 그렇게
되면 우리는 분명 19세기 초의 파리라는 도시를, 나아가 그
복잡 기묘한 토양에 뿌리를 내리고 서 있는 발자크라는 거대
한 한 인간을 눈앞에서 놓쳐 버릴 것이다. 이야기·설화라고

할 수 있는 고풍스러운 구조도, 앙티로망 구조도 소설의 본질적 기능이라는 점에서는, 선험적으로 그 신구新舊가 결정되는 것이 아니다.

게다가 앞서 말한 것을 다시 곰곰이 생각해 보니, 결국은 찢어 버린 수십 페이지를 쓰던 첫 번째 단계에서 도저히 이 소설을 쓰면서 메이지 시점으로 거슬러 올라갈 수 없다며 내 육체=의식이 저항하는 목소리를 계속 들었던 것이다. 또한 나는 이 소설에 지금·현재, 이 소설을 쓰고 있는 나의 시간을 부여하고 싶다는 것을 깨달았다. 주인공이 그의 일생에서 유일한 시간으로 삼는 것은 1945년 여름의 어느 날이다. 소설에는 소설을 쓰고 있는 지금·현재의 시간을 부여하고 싶었다. 결국 이 소설을 지금·현재, 계속 쓰고 있는 나를 보여주고 싶다, 그렇게 나는 바랐다고 할 수 있을 것이다.

그래서 내가 생각해 낸 방법은 자신의 일생에 대해 1945년 여름의 하루가 유일한 시간인 것처럼 주관적으로 왜곡된 회상을, 마치 무대 위에서 재현하는 것처럼, 현재의 자신을 투입하면서 구술하는 남자를 한 면에 배치하는 것에서 시작되었다. 그리고 또 다른 한 면에는 그 구술의 현장에서 객관적으로 그 남자와 주변을 포착하는 카메라의 시선을 두는 것이다. 소설은 남자의 구술과 카메라의 시선이 포착한 것을 번갈아 제시하며 진행된다. 다시 말해, 독자는 구술되는 내용이 과거로 훌쩍 넘어가더라도, 구술이라는 육체=의식의 운동의 시간은 카메라의 눈이 포착하고 있는 현재의 시간일 수밖에 없다는 이중적 이미지를 갖게 된다. 나는 그런 구조화를 원했다.

이 현재의 시간이란 작가인 내가 실제로 소설의 언어를 만들어 내는 시간이며, 독자의 상상력에 그 언어가 실체를 환기시켜, 언어의 열린 연결고리를 완성하는 시간이다. 그때 나는 소설을 쓰면서 실제로 그 시간 속에서 독자의 눈앞에 뚜렷하게 실재하고 살아 움직이고 있지 않은가? 적어도 그런 환상이 소설을 쓰는 나의 노동의 원동력이었다.

작가의 뻔뻔함이라고 하면 그뿐이지만, 나쓰메 소세키의 저 비참한 주인공의 "기억해 주십시오, 나는 이렇게 살아왔습니다."라는 말에 빗대어 말하자면, 모든 작가들은 소설의 말을 쏟아 내면서, 기억해 주십시오, 나는 이렇게 살아가고 있습니다, 라고 말하며 일을 계속하고 있는 것 같다. 그리고 이것은 사실 언어를 사용하는 예술의 근본적인 원리와도 관련이 있지 않을까?

언어 표현을 통한 예술에서 말이 발화될 때(또는 받아들여질 때), 현장에서 일어나는 전체에 대해 관찰하고 고찰하는 것은 그야말로 세계적인 유행이다. 그래서 나는 새로운 이론의 구축이나 파괴에 대해서는 전문가에게 맡기고, 소설을 쓰는

인간의 구체적인 사고방식에 맞춰 전개해 나가고자 한다. 또
는 소설 및 기타 언어적 표현에 의한 예술을 향유하는 인간
으로서….

연극배우의 독설

몇 년 전 가을이었다. 나는 뉴욕의 작은 극장에서 영국의
신인 극작가의 연극을 그 희곡의 미국판 발행인과 함께 보았
다. 마침 신문사 파업으로 인해 평론도 광고도 일반 독자의
눈길을 끌지 못하여 관객 동원책이 전무했기 때문에 이 오프
브로드웨이 연극은 일주일도 채 되지 않아 막을 내려야 하는
상황이었고, 다섯 번째 날에 나는 그 연극을 보게 되었다.

영국 복지 사회의 하층에 속해 있지만 평범한 시민들이 살
고 있는 곳에 한 집시 가족이 돌연 등장한다. 그들은 노인부
터 어린 소녀까지 꽤나 거친 성격의 소유자들이다. 그러나 떠
돌이들의 폭력은 결국 자신의 생활권을 묵묵히 지켜온 지역
이기주의자들에 의해 반격의 폭력을 당하게 된다. 이러한 폭
력적인 것의 미묘한 균형 속에 연극은 진행되었다.

정말 작은 창고 같은 극장이라 쉬는 시간에 잠깐 다리를
뻗으러 극장 옆 골목으로 나가보니, 연극 출연자들이 거친
집시 노인도, 창녀 같은 동거녀도, 평범한 직장인 부부도 한

데 뭉쳐서 차를 마시고 있는 모습이 보였다. 그들은 극 중 갈등과는 별개로, 너무나도 노골적으로 흥행의 어두운 전망에 대한 불안과 실망을 슬픈 표정으로 이야기하는 듯했다. 나는 일찍이 그토록 적나라한 연기자들의 민낯을 접해 본 적이 없었다.

휴식 시간이 끝나고 객석에서 나타난 집시 노인이 끔찍한 욕설을 내뱉는다. 그 직전, 어두컴컴한 객석에 노인 역을 맡은 배우가 홀로 일어서서 신호를 기다리고 있는 것을 이미 삼십여 명의 모든 관객이 주목하고 있었다. 배우가 소리를 지르려고 숨을 들이마신다. 그 순간, 감정의 엑스레이 광선이 이 배우를 관통한 듯, 관객들은 그의 내면에서 욕설을 향해 고조되는 감정의 고양과 그 반대편에 있는 깊은 두려움을 동시에 감지했다. 욕설이 터져 나왔고, 연극은 빠르게 전개되기 시작했다. 그때 관객들은 모두 그 욕설에 크게 흔들리는 것을 느꼈는데, 그 동요의 뿌리는 앞서 배우 자신이 직접 욕을 하기 전 느꼈던 두려움과 일맥상통하는 것이었다.

결국 집시 노인은 온건한, 그래서 가장 잔인한 시민들의 반격의 돌팔매질에 상처를 입게 된다. 그때 축 늘어진 흉폭한 노인이 관객의 마음을 단단히 사로잡은 것도, 한 줄기 감정의 밑바탕에는 앞서 욕설을 하기 전 배우의 내면에 깊은 두려움이 깔려 있었기 때문임이 명백하다.

배우가 대사를 말한다. 그 특수성에 대해서는 역시 연극 전문가에게 맡길 수밖에 없다. 내가 문제 삼는 것은 일반성에 해당하는 측면이다. 비록 다른 사람이 쓴 대사, 외운 대사라 할지라도(오히려 그렇기 때문에) 또 다른 타인을 처음 만나는 것처럼, 그 앞에 나선 배우가 대사를 말한다. 그의 인간으로서의 표현력을 총동원해 대사를 발성한다. 그때 그는 자신의 육체=의식에 다름 아닌 그 대사가 확고한 하나의 언어로 발생하여 외부로 전달되고 해방되는 경험을 또다시 맛보고 있는 것은 아닐까? 적어도 집시 노인을 연기한 배우의 경우, 그 경험의 형태는 옆에서 보기에도 분명히 드러났다. 관객은 그 욕설이 배우의 육체=의식에 잉태되고, 출산하여, 진통의 여진 같은 것이 뒤따를 때까지 그 전체를 지켜본 것이다.

욕설이라는 것이 숨기고 있는 특수한 조건도 크게 작용했을 것이다. 흥행 전망이 어두워 의기소침한 배우가 전 세계가 상대라는 듯 대놓고 욕설을 내뱉기 위해서는, 악에 받쳐 자포자기한 게 아니라면, 상당한 길이의 감정의 도움닫기가 필요했을 테니까 말이다. 실제로 욕설은 이른바 새로운 연극에 많이 사용되는 모양새다. 그것은 단적으로 관객을 놀라게 할 수 있다. 그러나 욕을 하는 배우의 육체=의식에 자신이 앞으로 내뱉을 크고 거친 목소리에 대한 두려움 같은 것이 완전히 결여된 채 기계적으로 큰 소리를 내기만 한다면, 결국 그 배우의 격렬한 행위는 익숙해진 관객들만 즐길 수 있는 것으로 전락하고 말 것이다. 욕도 역시 말의 행위이며, 그 실체는 폐활량도, 거친 성대도 아닌, 말 그 자체이기 때문이다. 죽은(말하자면, 그 말을 하는 사람의 육체=의식과의 관계에서) 말은 아무리 크게, 아무리 음란하고 야비하게 외쳐도, 오히려 그렇기 때문에 여전히 죽은 채로 남는다.

그런데 나는 늙은 집시 역을 연기한 배우의 육체=의식을 통해 하나의 말이 인간에게 어떻게 발생하여 외부로 방출되는지 전 과정을 경험하고 감동한 것이다. 발화된 말은 극작가의 자기표현일 뿐만 아니라 그 배우의, 그 시점의 육체=의식의 모든 것을 표현하고 있었다. 오히려 그 표현을 통해 비로소 말은 글을 처음 쓴 작가의 육체=의식을 되살려 내고 있었던 것이다. 극장에 있던 모든 관객들에게 그 순간, 눈앞의 배우뿐만 아니라 작가를 포함해, 그들이 지금 이 세상에 어떻게 실재하고 있는지에 대한 모든 것이 드러난 것이다. 그것이야말로 소설을 쓰는 작가가 자신을, 다름 아닌 그 시점의 자신을 통째로 독자 앞에 드러내고자 하는, 그 불가능한 범죄적 소망의 구체적 현실화에 버금가는 것이 아닐까?

말이 사람과 세상을 만든다

어떻게 그런 일이 가능했을까? 말이 모든 열쇠를 쥐고 있
다. 그리고 말이 한 인간의 육체=의식 속에서 생성되어 외부
로 발산되고 방출되는, 그 인간적인 일련의 행위 속에 모든
열쇠가 있다. 거기에는 정말 근원적인 크기의 역동성이 있기
때문에, 그렇기에 언어 표현에 의한 예술의 앞날은 여전히
어둡지 않다고, 작가의 한 사람으로서 나는 생각한다.

한 인간이 한마디를 내뱉는다. 그때 그는 말을 내뱉는 행
위로 인해 다름 아닌 자신의 육체=의식을 세상에 대해 자리
매김을 하는 것이다. 말이 세상에 대한 그의 육체=의식의 존
재 방식을 결정한다. 말을 내뱉기 전, 그는 말하자면 세상의
어두운 양수 속에 반쯤 깨어 있으면서 동시에 반쯤 잠든 상
태로 몸을 웅크리고 있다. 그리고 일단 말이 발화되면 그 말
의 빛으로 인해, 예를 들어 세계의 한쪽 귀퉁이의 허공에 떠
있는 그의 육체=의식이 단번에 비춰지는 것이다.

좀 더 현실에 가깝게 말하자면, 말은 그 말을 한 사람을 사
회화한다. 사회에 대한 인간의 육체=의식의 존재 방식을 말
이 즉시 결정하고, 말을 내뱉은 인간은 더 이상 사회와 무관
할 수 없게 되는 것이다. 세계 내 존재로서의 인간, 사회적
존재로서의 인간이라는 점을 생각하면서 지금까지 말한 것

을 역으로 거슬러 올라가면, 즉 말이 곧 그의 육체=의식을 인간으로 만든다는 것이 자연스럽게 명확해질 것이다. 말이 사람을 만든다. 말이 세상을 만든다. 말이 사회를 만든다.

말로 소설을 쓰면서, 곧 작가는 그 말이 세상을 만들어 가는 현장에 서 있는 것이다. 말이 인간을 만들고 사회화하는 현장에 서 있는 것이다. 그런 점에서 작가가 자기 소설의 결과물인 고정된 형태보다 소설이 쓰여지는 과정의 상태에 더욱 강하게 끌린다는 것은 어쩌면 당연한 일인지도 모른다.

게다가 소설의 언어를 계속 써 내려가는 작가의 경험은 이중성을 띠고 있다. 다시 한번 그 폭력적이면서도 기묘하게 연약한 늙은 집시를 연기한 배우를 떠올려 보자. 그가 지금부터 내뱉으려는 욕은 연기하는 늙은 집시 인간을 만들고, 그와 세계·사회와의 관계를 결정하는 말이다. 동시에 욕설을 내뱉기 전에 어떤 깊은 두려움·혐오감 같은 것을 조심스럽게 내비치고 있는 배우로서 그의 육체=의식의 두려움·혐오감은, 배우로서 그도 그 욕설을 내뱉기 전과 후에는 인간으로서 그리고 세계·사회와의 관계에서 자신이 재창조되어 이런 자신과는 또 다른 자신이 현실화될 것이라는 예감에 뿌리를 두고 생겨난 것은 아니었을까? 적어도 관객들은 이 배우의 전체상을 그렇게 파악했고, 그 이상으로 그가 내뱉은 절망적일 정도로 거친 욕설에 전율했던 것이다.

소설을 계속 쓰고 있는 작가의 경우, 위와 같은 이중성은 더욱 극명하게 드러난다. 작가는 하나의 단어를 써서 소설 속 인간을 현실화시키고, 인물의 세계와 사회에 대한 자리매 김을 행한다. 게다가 더욱 분명하게도, 그 말을 쓰는 행위 그 자체로 인해 작가로서의 그가 한 인간의 모습을 취하여 새롭 게 현실화하고, 세계·사회에 대한 자리매김이 이루어지고 있 다는 것을 대부분의 작가들이 깨닫고 있을 것이다.

소설을 쓰는 행위는 언어를 통해 그러한 인간과 사회의 창 조 현장에(이중 구조를 가진 창조 현장에) 마주하는 것과 다름없 다. 그리고 일단 그것을 확인하면 작가를 가장 고양시키는 것은, 이 창조의 현장에 서 있다, 라고 하는 실감이라는 것이 자명하게 보일 것이다. 그때 비로소 작가에게 지금 이 순간 창조의 현장에 서 있는 자신을 그대로 표현하고 싶다는 야망 이 생긴다. 게다가 이중 구조를 가진 창조의 현장을, 거기에 확실하게 뿌리를 내리고, 오히려 그 현장을 지탱하고 있는 고양된 헤라클레스 같은 자신을 그대로 독자에게 돌출시키 고 싶다는 야망이다. 왜?라고 반문하면, 심취해 있는 작가는 상기된 목소리로 대답할 것이다. 지금 나에게 가장 중요한 것은 바로 나 자신이고, 그에 비하면 지금 쓰고 있는 소설의 객관적인 실체는 그야말로 허상일 뿐이라고.

그러나 말할 필요도 없이, 이 지나치게 고양된 작가도 결국 냉정을 되찾으면, 그의 말을 통해 인간과 세계·사회 창조의 현장에 서 있다는 현장감도 어떤 형태로든 말로 바꾸지 않으면 독자에게 전달되지 않는다는 것을 깨닫게 될 것이다. 그래서 나는 글을 쓴다, 라고 쓴다, 라고 쓴다… 라는 식의 우스꽝스러운 수고마저도 기꺼이 자신의 어깨에 짊어지려는 미친 과학자 같은 작가가 나타나게 되는 것이다. 그의 시도는 우스꽝스러울 뿐 아니라 전혀 쓸모없지만, 그러나 나는 이런 시도의 미로에 허우적거리는 작가의 언어 감각이 소설의 언어에 대해 평생 의심할 줄 모르는 작가의 언어 감각에 비해 결코 뒤떨어진다고 생각지 않는다. 그리고 실제로 이런 작가들은 다름 아닌 언어의 힘에 의해, 결국은 앞이 확연히 열려 있는 시도의 영역으로 발을 내딛게 되는 것이다.

언어의 상상력

육체=의식에 하나의 단어가 생겨나고, 인간이 현실화되어 자신과 세계·사회와의 관계 맺음이 명확해진다. 그 일련의 행위들은 일반적으로 지극히 개인적인 것들이다. 다만 거기에는 지극히 개인적이면서도 본질적으로 사회로 열린 계기이며, 사회로 들어가서 받아들여지지 않으면 그 본질이 완성되지 않는, 언어라고 하는 독자적인 존재가 만들어 내는 역동성이 있다. 언어 혹은 언어 표현에 있어 예술의 수용이라는 것과 관련해서, 나는 새롭게 나의 생각을 전개해 나갈 것이다.

그 전에 나는 언어의 육체=의식에서의 표현 방식에 따라 그 말을 하는 인간이 어떻게 독자적으로 결정되고, 그 세계·사회에 대한 존재 방식이 집단적 규모에 있어 어떻게 특별한 것이 되는지를 구체적으로 보기 위해 한 가지 예를 들고자 한다. 일본인은 자국의 고전을 일거에 객관화시키는 관점을 가진 적이, 야나기타 구니오柳田国男가 개척한 업적을 제외하면 거의 없었다. 나는 국문학에 대해 전문적인 지식을 가진 사람은 아니지만, 일반적으로는 그렇게 인정할 수 있을 것이다.

오히려 우리는, 예를 들어 기키가요記紀歌謡(『고지키』와 『니혼쇼키』에 실린 고대 가요)에 대해 일본어로 표현된 이것 외의 운문이 존재하지 않았을까 하고 의심하는 사람이 있다면, 그 사람을 괴짜로 여겼을 것이다. 우선 이 일본어 운문의 원천이 있다는 사실을 우리는 의심하지 않는다. 그것들을 상대화하여 우리의 고전적 원천이 어떤 점에서 결여되어 있고, 어떤 부분에서 왜곡되어 있는지 생각해 보지도 않는다. 실제로 우리는 그렇게 하지 않고 살아왔다. 기키가요란 그런 것이고, 일본인은 그런 인간, 그런 민족이었던 것이다.

그런데 여기에 오키나와의 『오모로소시おもろさうし』(오키나와의 전신인 류큐국의 옛 노래 '오모로'를 모은 가요집)가 있다. 특히 바다를 노를 저어 항해하는 사람의 노래를 주축으로 한 '에토오모로'가 있다. 그것을 기키가요에 대입해 볼 때, 우리는 류큐의 오모로의 언어로 인간을 발견하고 세계와 사회와의 관계를 맺은 사람들과 기키가요의 언어로 일본인을 발견하고 세계와 사회와의 관계를 파악한 사람들 사이의 근본적인 차이에 직면하여 놀라지 않을 수 없을 것이다.

고대 류큐인이 발산하는 빛에 의해 본연의 색을 잃어 가는 고대 야마토인이라는 한 쌍의 상호관계를 근본으로 하면서, 우리들이 자신의 문화에 대해 상대적으로 재검토해야 할 것이 많다. 그리고 그 시초에는 우리가 언어에 관한 상상력을 충분히 발휘하여, 한 명의 고대 류큐인의 육체=의식 속에 어떤 단어가 선택되어 노래되고, 그로 인해 인간이, 세계·사회가 현실화되었는지, 또한 한 명의 고대 야마토인의 육체=의식 속에 어떤 단어가 파악되어, …라는 식으로 생각을 이어가는 태도를 가져야 할 것이다. 그리고 그것이 20세기 중반을 살고 있는 우리들에게 기키가요를 통해, 그리고 『오모로소시』를 통해 실현 불가능한 것이 아니란 점이 언어, 그리고 언어 표현에 관한 예술의 시공간에 깊숙이 관여하면서 동시에 시공간을 초월하는 독자적인 특질임에 틀림없다. 만약 우리에게 언어적 상상력이 충분하다면….

분명 우리가 언어적 상상력이 충분하다면 실로 많은 것들이 가능하다. 애초에 우리의 출발점인, 실제로 이 소설을 쓰고 있는 나 자신을 그 시점의 살아 있는 육체=의식 그대로 독자에게 제시하고자 하는 욕망에 대해 수용자의 입장에서 다시 한번 생각해 보자.

나는 글을 쓴다, 라고 쓴다, 라고 쓴다… 라는 불가능한 범죄적 노력이 작가에 의해 이루어지더라도, 또 사선으로 지워진 부분이 읽을 수 있도록 인쇄되어 있더라도, 그것은 반드시 독자가 그것을 읽는 순간(그때가 바로 이 소설의 진정한 현재 시점이라는 점을 미리 알려 주고 싶다), 지금 자신의 눈앞에 그것을 쓰고 있는 작가의 육체=의식이 현전現前한다는 것을 의미하지는 않는다. 오히려 이런 식의 작가들의 시도는 거의 항상 실패한다고 해도 과언이 아니다. 이상하게 들릴지 모르지만, 이 시도가 실패할 것 같은 예감이라는 것도, 나는 글을 쓴다, 라고 쓴다, 라고 쓴다… 라는 유형의 시도를 하는 작가에게는 글쓰기를 할 때 그의 상상력을 지탱하는 중요한 요인moment이다. 왜냐하면 작가가, 나는 글을 쓴다, 라고 쓴다, 라고 쓴다… 라고 쓰면서, 동시에 그렇게 쓰더라도 독자는 지금 자신이 계속 쓰고 있는 말을 훨씬 전의 과거에 쓰여진 죽은 글자로만 받아들일 수밖에 없다는 예감을 갖게 되고,

이러한 분명하게 내재된 부정의 계기야말로 지금 쓰고 있는 작가의 육체=의식을 구조화하는 것이며, 그로 인해 그의 소설은 19세기 작품에 비해 더 단순하지 않은 성취를 약속받기 때문이다.

그런데 역시 독자로서 솔직한 감상을 말하면, 소설을 읽고 확실히 지금 나와 공유하고 있는 현재 시점에서 이 말을 종이에 쓰고 있는 작가의 육체=의식이 눈앞에 나타나 숨 쉬고 있다고 느끼는 경험은 참으로 자주 있다. 소설 읽기를 좋아하는 사람이라면 이 손쉽게 달성된 불가능한 범죄의 사실을 어떻게 단 한 번도 접해 본 적이 없다고 말할 수 있을까?

이러한 사실에 비추어 다시 생각해 보면, 나는 글을 쓴다, 라고 쓴다, 라고 쓴다… 유형의 시도는 결코 오늘날만의 돌연변이적 노력이 아니라는 것을 납득할 수 있을 것이다. 실제로 지금 쓰고 있는 자신의 육체=의식을 독자를 향해 동일한 하나의 시간을 공유하도록 제시하는 것은, 앞서 다른 측면에서 언급했듯이, 소설의 역사만큼이나 오래전부터 작가가 의식하든 의식하지 않든 정말 다양한 방식으로 시도되어 왔다. 이는 보편적인 소설의 일반적인 기법 중 하나이자 근본적인 기법 중 하나라고 해도 과언이 아닐 것이다.

일본에는 사소설이라는 독특한 문학 형식이 있다. 그중 탁월한 성취를 거둔 것은 일본 문학의 최고봉 중 하나다. 사소

164

설은, 신기하게도, 나는 글을 쓴다, 라고 쓴다, 라고 쓴다…
유형의 시도를 하는 작가들, 그것을 지지하는 비평가들로부
터는 냉담한 취급을 받아 왔다. 사소설이야말로 나는 글을
쓴다, 라고 쓴다, 라고 쓴다… 라고 일 년 내내 말하는 작가
의 일인데도 말이다. 아마도 앞서 말한 불가능한 범죄적 음
모를 꾸미는 극히 의식적인 작가들에게는, '나는 글을 쓴다'
고 쓸 것 같은 사소설 작가들이 너무나도 단순하게 비춰졌을
것이다. 그러나 뛰어난 사소설들을 꼼꼼히 읽어 보면, 거기
에 작가의 육체=의식이 우리의 독서 시간을 작가의 소설을
쓰는 시간과 겹치게 하는 구조가, 헤아릴 수 없는 준비를 바
탕으로 만들어져 있음을 깨닫게 된다. 사소설도 다름 아닌
소설의 보편적 존재 양식 중에 하나로서, 소설 일반의 근본
적인 기법을 따르면서도, 처음으로, 쓰여진 말 너머에 실제로
지금 그 말을 쓰고 있는 작가의 육체=의식이 현전하는 듯한
효과를 만들어 내고 있는 것이다.

'주문이 많은' 언어

이제 우리는 독자로서 한 편의 소설을 읽는 동안 실제로
지금 작가의 육체=의식이 이 소설을 쓰고 있다고 느끼고, 작
가의 창작의 시간과 자신의 수용의 시간과의 일치를 경험하

는, 소설 독자의 기쁨의 근원에 닿아 있는 감각에 대해 좀 더 세밀하게 고찰해 보기로 하자. 우리는 도대체 무엇을 통해, 어떤 방식으로, 눈앞에 없는 것은 물론이고, 글로 표현되는 직접적인 의미도 아닌, 작가의 육체=의식의 현전에 마주하게 되는 것일까?

그것은 다름 아닌 언어를 통해서이다. 쓰여진 말을 우리가 본다. 소설 읽기의 가장 좋은 본보기를 현실에서 그것이 이루어지는 과정에 비추어 말하자면, 쓰여진 말은 우리의 육체=의식 속에서 그 말이 잉태되고 생성되어 외부를 향해 발산·해방되는 전 과정을 재현하는 것이다. 작가가 그 말을 종이에 써 내려갔을 때와 마찬가지로 말이다.

이는 더 깊이 생각해 보면, 쓰여진 글을 읽음으로써 그 글이 쓰는 사람을 만들고, 그를 둘러싸고 상호 관계를 맺는 세계와 사회를 만드는 전 과정을, 우리는 차례대로 다시 경험하게 되는 것이다. 그리고 이것이 바로 글을 읽는다는 것의 구체적 내용이고, 소설을 읽는다는 것이 인간의 현실적 행위라는 것의 의미 내용이며, 언어적 상상력의 실체이다.

나는 앞서 소설을 쓰는 작가의 육체=의식의 행위의 이중성에 대해 언급했다. 작가는 하나의 단어를 씀으로써 소설 속 인간을 현실화시키고, 인물의 세계와 사회에 대한 자리매김을 한다. 동시에, 쓰는 행위는 작가로서 그가 한 인간의 형태를 취해 새롭게 현실화하고, 세계와 사회에 대한 자리매김을 스스로 성취하고 있는 것이다. 오히려 작가에게 있어 이 현실 세계에 진정으로 살아가고 있다는 느낌을 명확하게 얻는 데 이보다 더 좋은 방법은 없을 것이다. 그리고 그렇기 때문에 더더욱 작가는 종종 자신이 지금 글을 쓰는 것의 본질적인 의미를 적나라하게, 직접적으로, 독자에게 전달하고 싶어서, 나는 글을 쓴다, 라고 쓴다, 라고 쓴다… 라는 유형의 언어 표현의 막다른 골목에 빠지기도 하는 것이다. 이는 이미 살펴본 바 있다.

그래서 소설을 읽으면서 독자의 육체=의식 또한 어떤 이중성을 띤 행위를 한다는 것을 우리는 역시 구체적인 경험을 통해 알게 되었다. 즉 우리는 하나의 단어를 읽음으로써 소설 속 인간을 현실화하고, 인물의 세계와 사회에 대한 자리매김을 행한다. 동시에 그 글을 읽는 행위는 독자로서 나 자신이 한 인간의 모습을 취해 새롭게 현실화하고, 그 세계와 사회에 대한 자리매김을 스스로 성취하는 것이 아닐까?

소설의 언어는 논문이나 정보의 언어와 달리 단순히 지각에 의한 인식으로만 수용이 완성되는 것이 아니다. 소설의 언어야말로 우리에게 상상력 전체를 쏟아부어 머리부터 발끝까지 온전히 그 구조 속으로 파고들 것을 요청하는 「주문이 많은 요리점」(미야자와 켄지의 단편 소설)과 같은 언어인 것이다.

이로써 문제는 충분히 명료하고 단순하게 정리할 수 있을 것이다. 작가와 독자 사이에는 단지 글로 쓰여진 말들이 있을 뿐이다. 작가가 그 말들을 쓸 때, 그것을 쓰는 시간을 현재 시간으로 삼는 이중의 창세기가 작품 속 인물과 작가 자신을 둘러싸고 펼쳐지기도 한다. 독자가 그 쓰여진 말들을 읽을 때, 그것을 읽는 시간을 현재 시간으로 삼는 새로운 이중의 창세기가 작품 속 인물과 독자 자신을 둘러싸고 펼쳐진다.

읽는 사람의 육체=의식 속에서 말들이 현실화되는 일련의 과정이, 쓰는 사람의 육체=의식 속에서 일어나는 일련의 현실화 과정과 겹쳐진다. 그것이 딱 맞아떨어질 때, 앞서 말한 작가의 현재와 독자의 현재가 구조적으로 하나의 시간이 되어, 독자는 작가의 육체=의식이 말을 쓰는 운동체로서 그의 육체=의식에 밀착되어 현전하는 것을 경험하게 된다.

나는 글을 쓴다, 라고 쓴다, 라고 쓴다… 라는 몸짓이나 생각이 중요한 것이 아니다. 말이 문제인 것이다. 죽은 말과 살아 있는 말이 있다. 소설은 살아 있는 말로만 쓰여져야 하는데, 도대체 말은 어떻게 죽는 것일까. 종이에 쓰여진 채로, 어떻게 말이 살아 숨 쉬는 것이 가능한 것일까?

작가가 자신의 소설에 하나의 단어를 쓰는 과정에서, 그 단어가 그의 육체=의식 속에서 잉태되고 탄생하여 외부를 향해 표현되는 일련의 과정을 거치지 않은 것일 때, 그 단어는 죽은 것이다. 소설의 산문 속에서 기성의 단어가 너무나도 무참하게 떠오르는 것은 그것이 죽은 물고기와 같은 단어이기 때문이다. 또한 어떤 단어를 읽는 것과 그 단어를 스스로 만들어 내는 것이 동일한 행위임을 기쁨과 함께 인정하게 하는 환기 작용이 일어나지 않는다면, 그 단어 역시 죽은 단어이다.

반대로 독자가 활자로 인쇄된 단어를 그의 육체=의식 속에 수용함으로써 그 단어가 자기 안에서 새롭게 태어나고, 그로 인해 소설 속 인물이 탄생하여, 세계·사회와의 관계 정립이 이루어지는 것을 발견한다. 동시에 독자 자신이 하나의 새로운 인간으로서 세계·사회와 새로운 관계를 수립하는 것을 경험할 때, 단어는 가장 왕성하게 그 전체 구조를 활성화시키고 있는 것이다. 그리고 말의 살아 숨 쉬는 일련의 활동을 통해 독자는 그가 소유하고 있는 시간과 바로 동일한 시간(그 현재 시점에서 아무것도 확실하지 않은 혼돈의 미래 시점으로 명확하게 방향성을 제시하는 시간) 속에 있으면서 동시에 미래의 시간을 향하고 있는 작가를 만나게 된다. 그 시간이야말로 소설을 쓰면서 자신이 진정으로 표현하고 싶은 것이 무엇인지 고뇌하는 작가의 본질적인 갈망이 충족되는 순간이기도 할 것이다.

독자가 소설 속에서 작가를 마주하다

그래서 이 일련의 노트의 본래 주제, 시좌로 돌아가면, 실제 소설을 쓰는 인간에게 있어서 자신의 소설의 언어를 어떤 것으로 선택해야만, 그것이 그의 육체=의식에 태내에서 바깥을 향한 해방의 과정을 통해 가장 효과적으로 이중의 창세기적 운동을 촉발시킬 수 있는가에 대한 질문을 던져야 할 것이다. 일단 그런 말을 찾아낼 수 있다면, 작가는 독자의 육체=의식 속에서 자신의 그러한 운동과 동조하는 움직임을 기대할 수 있기 때문이다.

그리고 이 질문은 이 노트 전체가 지향하는 바인, 창작자에게 어떤 말이 가장 상상력이 풍부한 표현인가라는 물음으로 이어진다. 그리고 작가 입장에서 보면, 그 답은 오히려 소설을 쓰는 행위 전체가 그러한 언어의 탐구를 위해서만 쓰여진다고 말해야 할 것이다. 진정한 작가는 소설에 한 단어, 한 단어를 써 내려가면서 이 질문을 반복적으로 마주하고 있는 것이다.

하지만 이 질문에 대한 답은 다양한 측면에서 구체적으로 찾을 수 있다. 매일의 소설 창작 행위가 경험을 통해 가르쳐 주기 때문이다. 예를 들어, 나는 이미 이 노트의 한 장을 표현의 물질화에 대해 썼다. '사물'의 견고함을 갖춘 이미지가 소설에서 가장 필요한 표현이다. 말에서 '사물'로의 표현 행위라는 까다로운 작업이 말과 작가의 육체=의식과의 관계를 예리하고 깊게 만든다. 이 어려운 과정을 통해 작가는 자신의 육체=의식 속에 그 참된 말을 잉태시키고, 그 속을 통과하여 탄생에 이르게 하는 것이다.

독자는 '사물'의 존재감을 담당하는 이미지를 구성하는 구조재로서 잘 선택된 단어를 접할 때, 매우 관념적인 단어를 접할 때처럼 그 단어를 의식의 표층에 미끄러지듯이 스쳐 지나가게 내버려 둬서는 안 된다. 현실의 사물을 발견함으로써 매일매일 자신을 새롭게 만들어 가듯, 글 속의 '사물'의 존재감을 담당하는 단어 하나하나를 향해 그의 육체=의식 전체를 들이받으며 나아가게 될 것이다. 그리고 독자는 이러한 행위를 통해 당연히 작가의 육체=의식과도 대면하게 되고, 동일한 하나의 현재를 공유하게 될 것이다.

자신을 표현하고 싶어서 초조해하며 나는 글을 쓴다, 라고 쓴다, 라고 쓴다…와 같은 소설을 기획하는 작가와는 정반대로, 어떻게든 작가로서의 자신은 소설의 뒤편으로 밀어 넣어 꽁꽁 숨겨 두고 싶은 기질의 작가조차도 의도치 않게 적나라하게 독자들 앞에 불쑥 나서게 되는 것이 바로 소설이라는 언어 표현과 관련된 예술이 가진 신비한 비밀인 것이다.

6. 지움으로써 쓰다

내 원고가 혐오스럽다

작가가 소설의 초고를 완성했다. 책상 위에는 잉크로 얼룩진 두툼한 종이 뭉치가 놓여 있다. 그것은 묘한 생동감을 지닌 어떤 '사물'이다. 작가는 자신의 살덩이가 거기에 놓여 있는 것 같은 기분을 맛본다. 그것은 솔직히 질리게 만든다. 소설의 초고가 끝나갈 무렵, 아마도 모든 작가에게 찾아오는 고양감과 함께, 스스로를 혹사시키는 노동에(볼드윈은 작가가 장시간 연속으로 작업하는 것의 문학적인 필요성에 대해 고백한 적이 있다.) 지친 작가는 이 두툼한 종이 뭉치에서 견딜 수 없는 육체적 혐오감을 느낀다. 극도로 외향적인 자아도취에 사로잡힌 작가를 제외하면, 이는 일반적인 감정일 것이다.

이것은 어떻게 된 일일까? 앞서 말했듯이, 이 잉크가 묻은 두터운 종이 뭉치가 마치 작가의 육체의 일부인 것처럼 보이기 때문이리라. 이 종이 뭉치가 여전히 작가의 육체=의식에 탯줄처럼 연결되어 있기 때문이다. 작가는 한 줄 한 줄 소설을 써 내려가는 과정에서 자신의 육체=의식에 뿌리를 두고 생겨나는 것을 항상 외재화·객관화하는 것을 목표로 삼아 왔다. 이미지의 물질화가 그 노력의 이정표였다. 문체 감각을 엄격히 하는 것도 이 절차를 뒷받침하기 위한 작업이었다.

그러나 물질화된 이미지도, 확고하게 달성한 문체 감각도 작가가 소설을 쓰는 동안은 작가로부터 독립된 것, 완전히 외부의 것일 수는 없다. 단적으로 그 소설은 아직 작가에게 타자가 아니다. 다름 아닌 작가 자신이 글을 쓰면서, 이 이미지는 물질화되었고, 이 문체는 형태를 갖추었다고 인정하고 있고, 실제로 지금 소설이 진행되고 있기 때문에, 이 사이에는 항상 소설 속에 육신의 작가가 함께하고 있는 것이다.

한창 소설을 쓰고 있는 작가, 글쓰기 운동 중인 작가는 실제로 그렇게 글을 쓰면서 자신이 쓰고 있는 글에 대해 실재감을 계속 느끼고 있는 것이다. 그것이 그의 작업에 힘을 실어 준다. 그러나 그 실재감은 그가 종이에 잉크로 글을 쓰는 순간, 그 글자가 말이 되어 떡하니 그의 육체=의식 바깥에 독립적으로 존재하는 것으로서 바로 실재감을 갖추게 되는 것일까? 실제로는 그렇지 않다. 구체적으로 쉽게 자기 관찰이 가능한 일인데, 작가가 글을 쓰면서 그 말의 실재감을 받아들이는 것은 실제로 지금 펜이 쓰고 있는 이 글자에 의한 것이지, 한 줄 전의, 이미 마침표를 찍은 문장에 의한 것이 아니다. 따라서 그가 지금 현실에서 그 실재감을 받아들이고 확인하고 있는 말은 아직 그의 육체=의식으로부터 독립되어 있지 않다.

사실 작가가 말에서 받는 실재감은 그 말을 문자로 써 내려가는 그의 육체적 움직임 그 자체에 의해 크게 보완되고 있는 것이다. 단어가 지닌 실재감이란, 그 단어가 타자로서 자체로 분명하게 보유하고 있는 저편의 실재감이 아니라, 글을 쓰는 인간의 육체=의식에 의해 지탱되고 있는, 이쪽에서 크게 돌출된 실재감인 것이다. 따라서 작가는 방금 쓴 원고 뭉치에서 이쪽에서 툭 튀어나온 자신의 육체를 보지 않을 수 없다. 그리고 노골적으로 육체적 혐오감을 느끼는 것은 오히려 자연스러운 일일 것이다.

이것이 단지 육체적 혐오감의 문제일 뿐이라면, 잉크가 묻은 두꺼운 종이 뭉치를 한동안 눈에 잘 띄지 않는 곳에 치워두는 것으로 족하다. 아니면 육체적 혐오감을 갖는 것이 문제의 본질상 불가능한 타인인 편집자에게 재빨리 넘겨주고,

그 다음에는 혼자서 술에 취해 있을 수도 있다. 그러나 그런 일을 거부감 없이 할 수 있을 정도라면, 육체적 혐오감 같은 것은 큰 문제가 되지 않을 것이다. 기껏해야 숙취 정도다. 꾹 참으며 머리를 감싼 채로 지나가면 될 일이다. 그런데 여기서 의식적인 작가와 무의식적인 작가의 차이가 나타나게 된다. 어느 쪽이 더 낫다는 차원의 문제가 아니다. 의식적인 작가는 결국 그런 작가일 수밖에 없기 때문이다. (무의식적인 작가가 그럴 수밖에 없다는 사실 또한 말할 필요도 없다!)

의식적인 작가라면 분명 이렇게 생각할 것이다. 지금까지 내가 글을 쓰면서 느꼈던 이 말들의 실재감은 언제나 다름 아닌 나의 육체=의식이 곁에 서서 그것을 지탱하고 있는 것이었다. 지금까지의 작업 단계에서 나와는 완전히 독립적인 실재감으로 느껴졌던 것이, 사실은 이쪽에서 튀어나온 든든한 버팀목에 지탱되고 있었다는 것은 확실하다. 그렇다면 이 소설의 '현장'에서 나의 육체=의식이 전면적으로 빠져나왔을 때, 실재감은 순식간에 무너져 버리는 것이 당연하지 않을까? 적어도 옅어지고 불완전한 것이 되어야 당연할 것이다. 무엇에 대해? 말할 필요도 없이 타인인 독자의 육체=의식에 대해서이다.

그래서 작가는 자신의 육체=의식으로부터 분리된 후, 자신이 쓴 글이 그 자체로 충분히 자립할 수 있는 것으로서 실재감을 갖도록 2차 작업의 노력에 박차를 가하게 되는 것이다. 게다가 작가는 그 충동이 지금 자신이 쓴 글이 타인의 육체 =의식에 대해 독립성을 갖지 못한, 흐물흐물한 반제품에 불과한 것은 아닐까 하는 역시나 육체적 혐오감을 동반한 불안에 기반하고 있다는 것을 인정한다.

그리고 책상 위에 놓여 있던 잉크가 묻은 두터운 종이 뭉치를 다시 한번 자기 가까이 끌어당긴다. 그는 소설을 다시 쓰기 시작한다. 날것 그대로의 반발을 계속하는 자신의 육체 덩어리를 향해 스스로 그 안으로 파고들 듯이 작업하기 때문에, 그가 견뎌내야 하는 혐오감은 사실 엄청나다. 더불어 자신의 육체=의식이 삐져나와 있는 반제품의 문장을 다름 아닌 자신의 육체=의식으로 잘게 부수고 반죽해야 하니, 그 혐오감은 배가 된다. 과장되게 들릴지 모르지만, 어떤 작가는 이 작업을 '자기 자식을 죽이는 일'이라고 표현하기도 했다. 그런데 현존하는 작가들의 미완성에서 완성본에 이르는 과정까지도 관심을 표하게 된 문학 연구가들이 어째서 작가가 육체적 혐오의 압력을 이겨 내면서 다시 쓰는 작업에 몰두하는 점에 대해서는 관심의 상상력을 발휘하지 않는 것일까?

'읽는 사람' 입장에서 원고를 고치다

나는 첫 번째 원고와 두 번째 원고(그리고 당연히 n번째 원고에 이르는 모든 원고) 사이의 작가 내부 구조의 차이를 다음과 같은 도식으로 생각하고 있다.

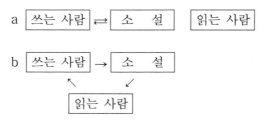

물론 도식은 도식일 뿐이지만, 소설의 초고를 쓰고 그것을 수정하는, 모호한 의미 부여만이 가능한 작업이라는 점에서 이것은 하나의 분석의 실마리가 될 수 있을 것이다. 적어도 작업 중인 작가가 제출한 자백으로서….

먼저 a에 대해 살펴보면, 소설을 '쓰는 사람'에게 있어 일을 하는 동안 그의 눈앞에 있는 것은 현재 쓰고 있는 소설뿐이다. '읽는 사람'은 불특정 다수의 타자로서 소설의 저편에 막연하게 존재한다. 소설을 쓰는 일은 청중·관객 앞에서 연주하거나 연기하는 작업과는 역시 별개의 작업인 것이다. 작

178

가는 홀로 소설 앞에 있다. 소설 너머에 상정된 '읽는 사람'으로부터는 어떤 막연한 제약만 받는다. 그는 자유로운 고독 속에서 소설을 쓴다. 문장 한 줄, 한 줄을, '그래, 이것은 내 소설이야'라고 인식하게 만드는 확증은 다름 아닌 쓰고 있는 소설을 읽음으로써 의식하게 된다. 그리고 그것은 이미 말했듯이 글을 쓰는 육체=의식의 근육 운동을 수반하는 감각과 겹쳐진다. 방금 쓴 소설에서 역으로 비춰지는 빛에 의해 글을 쓰려는 자신의 육체=의식이 앞으로 끌려가는 경우는 있다. 그러나 작가가 글을 쓰면서 '읽는 사람'으로서 자신의 소설을 받아들이고, '읽는 사람'으로서의 비평을 '쓰는 사람'인 자신을 향해 발화하고 있느냐 하면, 그렇지 않다. 이 시점에서는 그의 내면에서 읽기와 쓰기가 너무 밀착되어 있기 때문이다.

그래서 원고를 다듬기 시작할 때 작가의 육체=의식의 준비 체조는 먼저 '쓰는 사람'으로서의 자신으로부터 '읽는 사람'으로서의 자신을 되도록 독립시키는 방향으로 나아가야 한다. '쓰는 사람'에서 '읽는 사람'을 분리하는 것은 실제로 아직 작업 중인 소설에서 손을 떼지 않은 이상 가장 구체적인 자기비판이 될 것이다. 그 조작 자체가 이후의 수정 작업을 관통하는 전체적인 자기 비평의 토대가 된다.

그러나 소설을 고쳐 쓰는 작업에서 '쓰는 사람'으로서의 자신으로부터 '읽는 사람'으로서의 자신을 분리하고 떼어 내는 작업은 특히 젊은 작가에게, 그리고 작가가 되려는 사람에게 가장 힘든 작업이자 고통을 동반하는 작업이다. 우리는 조금 감정을 과하게 표현한 편지조차도 일단 쓰고 나면 빨리 봉투에 넣어 우체통에 던져 버리고 싶은 욕망에 휩싸이곤 한다. 그것은 편지를 '쓰는 사람'인 자신에게서 '읽는 사람'인 자신이 독립하여, 우체통에 넣는 것을 주저하게 될까 걱정하기 때문이 아닐까? 그러나 그런 고통과 두려움을 동반하기 때문에, 바로 그 이유 때문에, 이 조작은 작가의 자기비판의 토대가 될 수 있는 것이다.

이제 '읽는 사람'으로서의 작가는 마치 자신의 조개껍데기에서 삐져나온 쭈글쭈글한 다리를 쳐다보는 듯한 저항감을 극복하고, 집필 중인 소설을 읽어야 한다. 육체적 혐오감을 뿌리째 뽑아낼 수는 없지만, 첫 번째 원고를 쓸 때 자신의 육체=의식이 지탱해 준 덕분에 그 소설이 간신히 유지해 왔던 전체성 같은 것은 기꺼이 무너뜨리면서 말이다. 그는 '읽는 사람'인 것이다. '쓰는 사람'으로서 소설 곁에 부축하듯 서서 그 육체=의식으로 소설의 빈틈을 메우려 해서는 안 된다. 왜냐하면 작가에게 있어 타자인 일반 '독자'의 태도라는 것이 바로 그런 것이기 때문이다. 작가는 머지않아 그 소설을 절대적으로 타인인 '독자'를 향해 아무런 부축도 없이 떠나

보내야 하기 때문이다. 그리고 소설은 작가의 육체=의식으로부터 독립된 것으로서 세상의 거친 파도를 헤쳐 나가야 하기 때문이다.

따라서 '읽는 사람'으로서의 작가는 첫 번째 원고를 검토할 때 우선 그 소설이 작가의 육체=의식과 연결되어 있는 곳, 기대고 있는 곳을 찾아 도려내는 데 초점을 맞춰야 한다. 연결된 부분을 분리하고, 기대고 있는 부분에는 그 자체로 자립할 수 있는 새로운 지지대를 대어 소설을 독립시켜 스스로의 발로 설 수 있도록, '읽는 사람'은 두 번째 원고의 '쓰는 사람'인 작가 자신에게 신호를 보내야만 한다. '읽는 사람'인 작가는 소설에서 그의 육체=의식의 버팀목을 떼어 내면 결여가 생기는 부분을 찾아낸다. 그의 육체=의식이 곁에 서지 않으면 뒤틀리거나 기울어지고 뒤집어지는 부분을 적나라하게 들추어낸다. 또한, 작가에게는 그 의미가 자못 명료하지만, 다른 사람에게는 허무맹랑한 모호함만 보일 수 있는 부분을 끄집어낸다. 이 경우 특히 '읽는 사람'으로서의 작가는 자기 자신에 대해 분명한 객관성을 세우고 있어야 한다. 그리고 또한 작가가 어떤 글을 실제로 쓰고 있는 동안 그의 육체=의식의 움직임은 역시 일면적인 것이기 때문에, 스스로 갖추고 있는 보다 다면적인 것을 덧붙이는 방향에 대한 검토도 이루어져야 한다.

그리고 이 '읽는 사람'으로서의 자신으로부터 보고를 받고, 새롭게 '쓰는 사람'으로서의 자신을 정면에 내세운 작가는 곧바로 두 번째 원고를 써야 한다. 첫 번째 원고를 까맣게 칠하고 그 옆에 새로운 글을 덧붙여 나간다. 그런데 그렇게 완성된 두 번째 원고 역시 다름 아닌 그의 육체=의식의 운동에 의해 만들어진 것인 이상, 첫 번째 원고에 대해 '읽는 사람'인 그가 스스로 행한 것과 같은 검토가 다시 한번 이루어져야만 한다. 이런 식으로 세 번째 원고가, 네 번째 원고가, … n번째 원고가 완성되어 간다.

게다가 원고 수정이 거듭될수록 처음엔 살아 숨 쉬는 작가의 육체=의식의 운동에 맞춰 자연스러운 구조와 흐름을 가졌던 문체가 복잡한 비틀림을 보이는 경우가 종종 있다. 그래서 '읽는 사람'으로서의 작가는 낯선 타인이 그것을 읽을 때 자연스러운 호흡을 방해하는 고통을 맛보지 않는지, 이것이 타인에게도 살아 있는 '문체'가 될 수 있는지를 검토하고 '쓰는 사람'인 작가 자신에게 문체의 재구성을 요청하는 것이 필요하게 된다. 이렇게 조금조금씩 반복되는 일련의 작업 전체가, 소설을 다시 쓰는 작업이다.

팔을 잘라 내는 마음으로 지워라

한편 위와 같은 원리에 따라 소설의 수정 작업이 이루어지지만, 구체적으로 그 작업에 임하는 동안 정말 수많은 수정의 계기·실마리를 찾아내게 된다. 내가 지금 막 첫 번째 원고를 완성한, 정확히는 지금 내 책상 위에 놓여 있는 20센티미터 정도 길이의 잉크가 묻은 종이 뭉치를 마주하며 그 계기·실마리들을 하나하나 짚어 보도록 하자. 물론 실제 수정 작업은 한 줄 한 줄 꾸준히 인내심을 가지고 차근차근 지속적으로 진행되어야 한다.

작업 원리는 지금까지 설명한 바와 같다. 따라서 여기서 제시하는 계기·실마리는 우선 각 행을 차례로 따라가는 작업이 시작되기 전의 해체·재구성을 위한 것이다. 그 거친 작업을 먼저 수행해야 한다. 일단 한 줄씩 다시 고쳐 쓰는 작업을 시작하게 되면, 작가는 종종 나무만 보고 숲을 보지 못하는 상태에 빠지게 되어, 대폭적인 삭제에 대해서는 미처 신경을 쓰지 못하는 경우가 많기 때문이다. 앞서 인용한 자식을 죽인다는 비유에 빗대어 말하자면, 방금 쓴 소설을 대폭 삭제한다는 것은 마치 자식의 팔을 도끼로 베어 버리는 것과 같은 작업이다. 그러면서도 작가의 심리 밑바닥에는 잘라 내야 할 팔에 대한 방어적 심리가 깔려 있다. 더 세세한 부분,

예를 들어 손가락이나 손톱 끝의 상태를 조정하여 어떻게든 팔 전체는 남겨 두려고 노력한다.

그러나 세 번째 원고에서 재차, 아니 두 번째 원고 절반쯤에서 한 번 잘려 나간 팔을 다시 살릴 수도 있기 때문에, 먼저 '읽는 사람'으로서의 자신으로부터 그 대수술을 요청받았다면, '쓰는 사람'으로서의 작가는 크게 칼을 휘두를 용기를 가져야 한다. 도대체 무엇을 표현하려고 이 엄청난 양의 말들을 써 내려왔는지, 단순히 써 놓은 것이 많다는 사실 자체가 진정한 표현을 방해하는 것이라면 대체 그런 말이란 무엇이냐는 식의 얼마간 교조적인 질책의 목소리를 스스로에게 던지며, 작가는 자기 자식의 팔을 잘라 내야만 한다….

당연한 이야기지만, 장편 소설은 오랜 시간 동안 꾸준히 써야 하는 것이다. 작가는 소설을 쓰면서 그 긴 세월의 현실 생활을 자신의 죽음을 향해 살아가고 있다. 설령 움막에 틀어박혀 세상과 단절된 채 소설을 쓰고 있다고 해도, 그럼에도 불구하고 그 소설을 쓴다고 하는 현실의 삶을 오랜 세월에 걸쳐 영위해 온 것이다. 그런 현실의 삶을 통해 인간으로서의 육체=의식이 조금도 변하지 않았다면, 그것이야말로 소설을 쓴다는 현실의 삶 따위는 꿈같은 헛소리가 아닐까? 작가 역시 그 긴 세월 동안 계속 변화해야 한다. 실제로 그는 변화한다.

그래서 첫 번째 원고를 마무리하고 작가가 장편 소설의 첫 머리에 있는 자신과 마지막에 있는 자신을 대조해 볼 때, 고 쳐 쓰는 작업의 가장 단적인 단서를 발견하게 될 뿐만 아니라 지금 자신이 어떤 사람이 되어 있는지에 대해서도 분명한 전 망을 갖게 될 것이다.

나는 지금 막 초고를 완성한 장편 소설을 아직 기획만 하고 있던 몇 년 동안, 막연하지만 하나의 정치적인 구상을 축으로 삼고 있었다. 실제로 이것을 기본 축으로 삼아 이런저런 메모 를 하고 초안도 작성하기 시작했다. 그 와중에 내가 마주친 것은 거의 내 구상과 비슷한 현실의 사건이었다.

이른바 연합 적군連合赤軍의 산장 농성과 총격 사건인데, 적어도 제3자가 외부에서 볼 수 있는 사건 전모는 텔레비전 으로 오랜 시간 중계 방송되었다. 다른 표현 수단과 비교하여 텔레비전이 가지는 가장 두드러지는 특징은 바로 시간 그 자 체의 표현, 지속되는 시간의 표현이다. 텔레비전 앞에 천만 명이 넘는 사람들이 산장 안에 갇혀 있는 사람들과 같은 시 간의 지속 안에 갇혀 살아가기 시작했다. 매스컴에 의한 권 력 조작은 같은 시간의 지속 안에 있는 대중들을 노골적으로 노렸다. 소설은 이러한 같은 시간의 지속을 다른 형태로 표현 할 수 있겠지만, 그렇다고 해서 텔레비전처럼 유무를 말하지 않고 방대한 수의 인간을 브라운관 안에 가두어 놓을 수는 없으리라. 권력이 소설을 지배 수단으로 채택하지 않는 것도 그 이유 때문일 것이다.

나는 천만 명 중 한 명으로서 지속되는 시간 속에서 텔레비전을 바라보고 있었다. 이미 그 현실 사건의 시작의 첫 단추가 끼워진 시점에서 나는 정치적 청년들을 둘러싼 나의 구상을 포기했다. 몽테뉴가 인용한 키케로의 말처럼 "일이 일어나고 나서 어떤 해석을 붙이고, 그 일은 이미 예언되어 있었던 것처럼" 자기 소설을 계속 쓸 마음이 없었기 때문이다. 그러나 텔레비전에 비친 지속적 장면은 점차 내 소설의 더 깊은 곳까지 파고드는 빛을 발산하기 시작했다. 그것은 내 상상력의 빛이 브라운관에 부딪혀서 역조명된 것일 테다. 처음의 구상은 어떤 혁명 프로그램의 이편에 있는 자들, 혹은 그 너머에 돌출된 자들에 의한 소설의 구상으로, 즉 시간을 초월한 인간 일반에 대한 구상으로 바뀌었다. 그것은 어쨌든 한 걸음 앞으로 나아가는 것이다. 그리고 나는 다시금 각종 노트를 새로이 작성하기 시작했고, 원고를 다시 써 나갔다.

이 장편 소설에서 나는 항상 사람들보다 앞서 달리는 현명한 자들이 줄기차게 떠들어 대는, 현대의 소설 형식의 쇠퇴, 소설 종말의 임박이라는 왠지 모르게 들뜬 예측에 이의를 제기하려 했다. 자못 19세기 이래의 소설답게, 쓰고 있는 작가조차도 그 소설의 한 굽이, 두 굽이 꺾인 모퉁이 너머를 내다 볼 수 없다는 소설다움을 유지하는 형태로 계속 써야 한다고 생각했다. 아울러 그 소설과 그것을 쓰고 있는 작가인 나 자신이 오늘날의 동시대 상황의 파고에 푹 빠져 있는 모습 그대로 글을 써 나가기를 바랐다. 이러한 소설을 쓴다는 현실의 삶은 나의 1970년대 경험 하나하나를 깊고 예리하게 반영하는 현실의 삶이어야 했고, 그러한 현실의 삶을 거쳐 탄생한 장편 소설이야말로 내가 원했던 것이다. 그것은 이제 작가에게 있어서는 거의 반시대적인 희망에 가깝지만….

그리고 일단 첫 번째 원고를 완성한 지금, 그것을 쭉 읽으면서 깨달은 것은 이번 경우 소설로서의 틀 전체에 대해서는 특별히 큰 수정을 할 필요가 없다는 것이다. 말할 필요도 없이 몇몇 장章은 통째로 도려냈다. 이어서 거의 모든 장이 다른 장과 연결되고 재구성되어 전체의 3분의 2에 해당하는 분량으로 다시 짜여졌다. 그러나 처음부터 어떤 고정된 전체를 만들어서 그 윤곽을 따라 써 내려가는 것이 아니라, 앞서 말한 것처럼 장편 소설로서의 자유로운 전개를 추구한 것이 오히려 이 소설 내에, 절대로 전체 줄거리에서 배제되어야 할 이물질을 만들지 않았던 것 같다. 모든 의외성이 현실의 상황 그대로 받아들여졌기 때문에….

작중 인물의 이력서 만들기

그렇다면 소설의 처음 몇 장과 마지막에 가까운 몇 장에서 가장 변화 및 차이가 심하고, 원고 수정 시에 '읽는 사람'인 작가가 '쓰는 사람'인 작가에게 '특히 전반부 장에서 이 부분을 다시 쓰도록!', 그리고 '전체적으로 일관성 있게 만들도록!'이라는 명령을 수시로 내렸던 것은 어떤 부분에 대한 것이었을까? 그것에 대해서는 아주 간단하게 이렇게 말할 수 있다. 등장인물들, 내 장편 소설의 소년들과 한 소녀, 그리고 그들과 관계를 맺는 삼십 대의 남자 관찰자가 마치 이 소설이 쓰여지는 일상의 현실 생활을 통해 스스로를 급속도로 변화시켜 나간 것처럼, 이를테면 자율적으로 변해 갔다고 말이다.

이미 나는 이 삼십 대 남자 관찰자를 소설 속 인물로 만들어 내는 작업에서 작가로서의 나의 의식에 대해 쓴 바 있다 (제3장 「표현의 물질화와 표현된 인간의 자립」). 그러나 곧 모든 수정과 교정 작업이 끝나고 출판될 이 소설을 읽는 사람들은 삼십 대 관찰자가 더 이상 그런 사람이 아니라는 것을 쉽게 인정할 것이다. 다만, 거기서 말하는 이런 인간은 작가가 먼저 그런 인간을 실제로 만들어 내고, 오랜 세월을 그와 함께한 줄, 한 줄 써 내려가면서 공생하고, 그 조작을 통해서야 비로소 새롭게 만들어 낼 수 있었던, 이런 인간인 것이다. 그

많은 시간과 정성 어린 작업이 없었다면, 나에게는 이런 사람은 결국 실재하지 않았을 것이다. 그리고 그렇기 때문에 나는 내가 결국 이런 인간을 이끌어 낼 수 있었던(그렇다고 해서 어떠한 가치 평가를 타인에게 주장하는 것은 아니지만) 이 소설을 써 온 날들을, 그런 현실의 삶을 살았다는 것을 후회하지 않을 것이다.

한편, 소설 속 소년들과 소녀는 작업이 진행됨에 따라, 말하자면 그 다변화하는 소설의 흐름을 역행하듯, 복잡한 내력이 얽히고설킨 존재로 시작하여 그저 거기 있는 존재로서 육체=의식이 제시될 뿐인 단순한 존재로 변모해 갔다. 이 과정에는 소설 속 인물의 실재감 문제로 일반화할 수 있는 명제가 포함되어 있는 듯하다. 좀 더 거슬러 올라가면, 원래 그들은 소설 이전의 이미지 조각 형태로 어떻게 나에게 다가왔던 것일까? 거기서부터 파고들어, 다시 한번 첫 번째 원고의 마지막에 있는 그들까지 거슬러 올라가 보자.

벌써 십이 년 전이지만, 나는 한겨울 레닌그라드에서 소비에트 러시아의 젊은 청년들의 범죄단에 대한 소문을 들었다. 내가 이 도시에 도착하기 몇 주 전에 비공개 재판이 열렸는데, 보호자 중에는 정부 고위층도 있었다고 한다. 피고석에 앉은 아들, 딸들에게 우리는 아무것도 몰랐다, 왜 그런 짓을 했느냐고 울분을 토했지만, 어린 피고들은 철저히 냉정하게 그 모든 것을 무시했다고 한다. 젊은이들은 동료 여성들을 매춘부 역할을 하게 하여 적군 장교들을 유혹했다. 어린 여성을 따라 소비에트 아파트의 어두컴컴한 1층으로 들어간 장교가 신발에서 눈 덩어리를 털고 있을 때, 뒤쪽의 어둠 속에서 몽둥이를 든 젊은이들이 달려든다. 언더그라운드 재즈 레코드를 사러 푼돈을 구하기 위해. 도스토옙스키의 그 네바 강변에서, 혁명 후 반세기나 지난 지금….

그 젊은이들이 레닌그라드의 모든 것이 꽁꽁 얼어붙은 어둠 속에 반쯤 모습을 감춘 채 나에게 달라붙어 소설의 첫 번째 이미지의 조각을 이루었던 것이다. 십 년 후, 나는 그 이미지의 파편들을 아직 이루지 못한 혁명을 꿈꾸는 젊은이들에게 덧씌우고 부풀렸다. 그 다음에는 앞서 언급한 것과 같은 계기로 그들 모두에게서 혁명과 관련된 요소, 정치적 요인을 제거했다. 그것은 단순히 제거한 것에 그치지 않는다. 오히려 그 작업을 통해 내 이미지의 파편들은 더욱 밀도 있게 견고해졌고, 마치 레닌그라드의 소문 속 주인공들과(지금 생각해 보면 멀리서 온 손님을 즐겁게 해 주기 위해 소련의 지식인이 과장되게 꾸며 낸 이야기였을 수도 있지만) 살아 있는 피가 직접 통하는 것 같았다.

그리고 첫 번째 원고의 첫머리를 쓰기 시작했다. 오히려 첫 장章은 그동안의 각종 노트와 미완성 원고를 편집하고 재

190

구성하여 문체와 이미지를 장편 소설의 문체와 이미지로 다듬어 가는 작업이었다. 이 문학 노트에서 지금까지 문체와 이미지에 대해 언급한 대부분의 내용은 주로 이 소설의 첫 장부터 몇 장을 써 내려가는 동안 재확인한 내용이다. 일단 그 오르막길만 넘으면 작가는 작업 중인 소설의 문체와 이미지에 대해 어느 정도 궤도에 오를 수 있다. 소설이 마지막에 가까워질수록 반드시 자동적으로 그런 것은 아니지만, 궤도 상의 진행에 가속도도 붙는다.

여하튼 소설의 시작 부분부터 몇 장章에 걸쳐서, 첫 번째 원고를 쓰는 작가인 나는 이 젊은이들에게 소설 속 실재감을 부여하기 위해 여러 가지 계략을 짜고 있었다. 첫 번째 원고를 다시 읽어 보면 정말 적나라하게 드러난다. 소설이 시작되기 전부터 그들이 현실 세계에 실제로 존재하고 있었다는 인상을 심어 주기 위해, 나는 젊은이들에게 굉장히 상세한 이력서를 쥐어 주었다. 이런 젊은이들이 실제로 존재할 수 있다고 믿느냐는 독자들의 항의에 대해 미리, 아니, 그 청년은 이러이러한 이력을 가지고 있기 때문에 지금 이렇게 실존하고 있는 것이다, 라고 변명할 자료를 소설에 미리 심어 두고 싶다는 듯이 말이다.

일본의 사소설의 전통에서는 굳이 이런 창작을 할 필요가 없다. 이는 오히려 미국의 대하 통속 소설의 방식과 비슷하다. 왜 마리오 아무개라는 청년은 마피아의 반역자가 되었는 가? 그것은 그의 2, 3대까지 거슬러 올라가는 가족 사정이 이렇고, 군대에서는 미묘한 이탈리아계 이민자 차별이 있었 으며, 그의 내면 깊숙이 들어가면 청년은 또 이런 정신분석 적 과거를 가지고 있다는 식의 방식이다. 그러나 그 이력을 제거하면 청년은 그저 마리오 아무개라는 이름을 가진 종이 인형과 같은 존재가 되어 버리는, 정말 별 볼 일 없지만 정교 한 수법이다.

이력서에서 이력을 지우는 도박

물론 이런 방식이 진정으로 문학적일 수는 없다. 진정으로 문학의 뿌리와 관련된 작품 속 인물의 실재감이란 이력과는 별개의 것이다. 지금 내가 책상에 앉아 있다. 창문을 부수고 소 한 마리가 들어왔다고 가정해 보자. 나는 소의 이력도 모 르고(그 정신분석적 과거 따위 알 길이 없는 것은 물론이다!), 어떻 게 새도 아닌 소가 2층 창문을 통해 침입할 수 있었는지 도 무지 감을 잡을 수 없다. 하지만 실제로 그놈이 나타나면 눈 앞에서 거품을 뿜으며 거칠게 콧김을 내뿜고 붉은 실핏줄이 부풀어 오른 눈동자로 빤히 나를 쳐다보는데, 그 소의 실체 를 어떻게 의심할 수 있겠는가? 소설 속 인물도 바로 이 날

192

으는 소와 같은 실재감을 갖춰야 한다.

한 인물을 만들어 낸다고 가정할 때, 작가는 그 인물의 이력 등 어떤 종류의 말이든 쌓아 올릴 수 있다. 자유롭게 글을 쓰는 것만으로도 그것이 가능한 것이 바로 허구라는 소설의 세계이기 때문이다. 일본에서도 대하소설의 통속적 변종이라 할 수 있는, 지루하기 짝이 없는 내력 설명으로 가득 찬 연대기풍의 소설을 얼마나 많이 접해 왔는가? 그런 종류의 소설을 쓰는 작가들은 그야말로 내력의 귀신, 설명의 신이다. 하지만 소설을 쓰는 행위를 통해 인간은 무엇을 표현하고 싶은 걸까, '사물' 그 자체처럼 실재감 있는 인간의 존재 자체를 표현하고 싶었던 것은 아닐까?

실제로 나는 내 소설의 첫 번째 원고를 쓰면서, 이렇게 젊은이들의 사연에 집착할 수밖에 없는 것은 다름 아닌 나 자신이 아직 그들의 존재를 믿지 못하기 때문이라는 것을 인정하게 되었다. 그것은 또한 역으로 말하면, 소설이 진행됨에 따라 그들의 존재를 조금씩이나마 명확히 파악하기 시작하면서, 그들의 출신 배경에 대한 고정 관념에서 자유로워졌다는 것을 의미하기도 한다. 사실상 마지막 몇 장을 쓰면서 이미 실재하기 시작했다고 느껴지는 젊은이들에게 이 소설에서 '사물' 그 자체처럼 제시할 수 있었던, 모든 행동에 포함되는 것보다 더 많은 다른 내력을 개념으로 짊어지게 할 필요성을 느끼지 않게 되었다.

때문에 일단 초고를 다 쓰고 나서 소설의 첫머리로 돌아가 대대적인 삭제의 칼날을 휘두르려고 할 때, 가장 먼저 해야 할 일은 젊은이들에게서 그들의 이력서에 해당하는 여러 가지 설명 문장을 떼어 내 버리는 일이었다. 점차 작품 속 그들이 작가인 나 자신에게도, 한겨울의 레닌그라드 아파트의 어둠처럼 그 끔찍하고 위험한 곳에서 불쑥 출현하는, 오직 존재감만이 농밀한 낯선 자들로 바뀌기를 바라며….

물론 이 삭제는 작가와 작품에서는 목숨을 담보로 한 위험한 도박이다. 독자나 평론가로부터, 아니 나는 이 출신도 불분명한 인물들의 실존을 믿을 수 없다, 고 간단히 거부당할지도 모르기 때문이다. 드디어 n번째 원고를 거쳐 완성된 원고지가 인쇄소로 보내지고, 다시 교정본이 되어 돌아오고, 또 다시 첨삭과 수정을 거쳐 장정과 광고에 대한 논의가 이루어진 후, 마침내 실제 책이 매장에 진열될 때까지, 나는 몇 번이고 등줄기에 식은땀을 닦아 내야 할 것 같은 불안감과 의심에 시달릴 것이다. 젊은이들의 각자의 과거, 구체적 내력의 디테일을 제거해 버린 것은 잘못된 도박이 아니었을까? 그런 디테일이 없는데, 어떻게 생면부지의 타인인 독자가 굳이 작가인 나의 내면으로 들어와서, 나 자신만이 확실히 느낄 수 있는 인물들의 실재감을 나눠 가질 수 있을까, 하며….

물론 전체적인 구조의 재구성, 삭제를 끝내고 한 줄 한 줄 '읽는 사람'으로서의 검토, '쓰는 사람'으로서의 가필 수정을 계속해 나가는 동안 위의 의구심을 다소나마 효과적으로 억제할 수 있는 것은 분명하다. 가필 수정 작업이라는 행위 자체가 다시 한번 그것을 '읽는 사람'인 작가에게 소설의 각 부분이 점점 더 견고하게 독립된 것으로 자각하게 만들기 때문이다. 작가는 이런 작업을 통해 자신이 도대체 무엇을 표현하기 위해 이 첫 번째 원고를 썼는지 점차 명확히 재인식하게 되기 때문이다.

추가보다 삭제가 원칙이다

종종 '읽는 사람'으로서 작가가 세부 사항들이 불필요하게 부풀려졌다고 느껴 반복적으로 신호를 보내지만, '쓰는 사람'으로서 삭제나 수정에 대해 어쩔 수 없이 자신의 손가락이 저항할 때가 있다. 이것은 수정 작업에서 드러나는 구체적인 난관이다. 작가의 가장 자연스러운 심정으로 말하자면, 그 부풀려진 부분은 그의 자질에 가장 잘 부합하는, 이를테면 작가의 영혼이 노래하는 부분이다. 그래서 작가는 결과적으로 그렇게 부풀려 버린 것이다. 그리고 그 부풀어 오른 부분만 전체와 무관하게 따로 읽는다면, 그것은 꽤 매력적이다.

그래서 그것을 잘라 내는 것은 고통스럽다.

무엇보다 자신이 쓴 글은 모두 의미가 있다고 생각할 만큼 글에 대해 순진하지 않은 작가라도, 이 풍성한 초목 같은 것들을 솎아 내다 보면, 자신이 충분히 의식화하지 못한 채 표현에 거의 성공했다 싶은 것이 그대로 유산되는 것은 아닐까 하는 불안감, 혹은 미련에서 좀처럼 헤어나지 못하는 경우가 많다. 그래서 우리는 종종 특히 작가적 자질에 독자적인 것이 있는 작가에게서 머리의 혹에 응급 처치를 한 것 같은, 기괴하지만 결코 매력적이지 않다고 말할 수 없는 돌출부를 가진 작품을 발견하게 된다. 말할 필요도 없이, 그것이 아무리 매력적이라 할지라도 소설 전체로 볼 때는 구조적 결함에 지나지 않는다. 그렇기에 이를 매력적이라고 여기는 것은 '읽는 사람'의 자유라 할지라도 '쓰는 사람'은 그 해이해진 나르시시즘을 스스로에게 허용해서는 안 될 것이다.

나는 내 소설의 첫 번째 원고의 그런 부분을 접하면서 두 번째 원고를 만들어야 할 때마다, '쓰는 사람'인 나 자신에게 너는 무엇을 표현하고 싶은 거냐고 묻는다. 그리고 의식을 초월한 표현은 있을 수 있고, 또 그것이 불가능하다면 소설은 참으로 좁고 한정된, 보잘것없는 인간의 작업에 지나지 않지만, 의지가 닿는 한 그것을 통제하면서 써 내려가지 않는다면 소설의 구조는 엉성한 채로 남게 되고, 그 느슨한 토대에서는 의식을 초월한 표현 같은 것은 끝끝내 싹트지 않을 것이라고 말한다.

이렇게 한 줄 한 줄 검토해 가며 세세한 부분까지 솎아 내는 작업을 기술적으로 간단히 말하면 이런 식이 된다. 모호한 한 줄은 반드시 정확한 한 줄로 바꿔야 한다. 그러기 위해서는 고쳐 쓰기를 반복해야 한다. 하지만 아무리 노력해도 정확한 한 줄을 뽑아낼 수 없다면 차라리 그 한 줄을 삭제하는 편이 더 낫다. 그 편이 모호한 한 줄보다 더욱 표현적이다.

또한 추가하는 작업에 대한 기술적 원칙을 제시하면, 나의 경험을(자주 반복되는 실패의 경험을) 통해 볼 때 다음과 같다. 몇 줄로 이루어진 어떤 단락이 빈약하다고 느껴져 거기에 또 다른 단락을 추가하고자 할 때, '쓰는 사람'은 그것이 앞의 단락과 비교해 입체적이고 종합적인 단락인지 여부를 항상 고려해야 한다. 그렇지 않으면 단지 첫 번째 원고와 두 번째 원고를 작성할 때 의식의 풍향계 방향의 각각의 차이에서 비롯된, 평면적인 두 단락의 병치라는 결과가 도출되기 십상이기 때문이다. 이 경우, 완성된 문장은 '읽는 사람'에게 그저 복잡하게 느껴질 뿐, 고쳐 쓰기의 생산적 효과는 나타나지 않으며, 자칫하면 첫 문단까지 죽어 버리는 경우가 많다.

결국 두 번째 원고는 덧붙이는 것보다 지우는 것이 원칙이다. 지움으로써 문장의 표현력을 돋보이게 하는 것이다. '쓰는 사람'은 시시때때로 자신을 이렇게 설득하고 격려해야 한다. 쓰는 손보다 지우는 손을….

한편 어느덧 상당한 기간을 들여 두 번째 원고가 첫 번째 원고보다 더 단단하게 자신의 육체=의식으로부터 독립적인 것으로 완성된다. 작가는 여전히 n번째 원고를 향해 '읽는 사람'과 '쓰는 사람'의 검토를 이어 나가야 할 것이다. 심지어 교정본 작업에서도 여전히 같은 일을 해야만 한다. 일단 활자화된 것을 '읽는 사람'은 특히 문체에 대해 '쓰는 사람'에게 좀 더 객관적인 주문을 할 수 있기 때문이다. 내가 쓰는 글에 대해서는 으레 잠들어 있는 감각이, 타인의 육체=의식의 첨병 같은 인쇄된 활자를 접하고는 잠에서 깨어나는 경우가 빈번하다.

작가의 작업이 이 단계에 접어들 때면, 내 경험에 비추어 볼 때, 앞서 말한 불안과 의심의 눈초리가 다시 한번 선명하게 되살아난다. 그렇게 삭제하는 것이 옳았을까? 추가한 내용이 오히려 모든 것을 망쳐 버리지 않았을까? 내가 이런 식으로 소설의 구조와 이미지, 문체를 확실하게 만들어 냈다고 믿는 것이 과연 다른 사람에게도 통하는 감각일까? 나 홀로 외로운 어둠 속 장애물 경주를, 그것도 쳇바퀴 돌듯 코스를 따라 반복하고 있을 뿐이고, 지금 대량으로 종이에 인쇄되고 있는 소설은 타인의 육체=의식에게는 그저 죽은 이물질에 불과한 것은 아닐까? 근본적으로 작가가 소설의 서두의 한 줄을 쓴 직후, 작가 자신의 육체=의식 내부의 어떤 은밀한 곳을 구름의 그림자인 양 스쳐 지나가는 묘사가 과연 나 아닌 다른 인간의 육체=의식에 진정한 환기 작용을 일으킬 수 있을까? 등과 같은 가장 우울하게 만드는 근원적 의심, 표현 그 자체에 대한 의심으로 이어진다.

하지만 소설을 쓰는 것도, 원래 인간의 모든 행위가 그렇듯, 결국은 성과가 의심스러운 도박이다. 작가로 살다가 작가로 죽으려는 인간에게 어찌 그리 인색하게 스스로를 격려할 권리조차 부여하지 않는 것인가? 너는 오랜 세월 동안 작업을 했고, 네가 지금 할 수 있는 모든 노력을 종이 위에 쏟아부었다, 너의 존재 자체가 결국 이 정도인 것이다, 육신의 네가 이 현실 세계에서 그런 존재로 어떻게든 살아가고 있는 것처럼, 이 소설 역시 그런 존재로 낯선 타인에게 제시하라, 라고 말이다.

마지막 작업과 새로운 시작

이제 소설을 다 쓰고 나면, 이 글을 쓰는 동안 무엇을 경험했는지, 무엇을 살았는지, 그 결과 무엇을 얻었는지를 묻는 것이 작가의 소설 제작과 관련된 마지막 작업이 될 것이다.

실제로 이런 문제에 대해서는 스스로의 현실 경험에 비추어 구체적으로 이야기하는 것 외에는 달리 방법이 없다. 어쩌면 작가의 책이 매장에 진열될 때에는 소설을 쓰는 동안 자신의 육체=의식을 모조리 태워 버려서, 결국 남은 것은 책 한 권과 타다 남은 잿더미뿐일지도 모르겠다. 그럼에도 불구하고, 지금 이 순간에도 그 잿더미가 어떤 잿더미였는지 명확하게 보여 주는 것이 필요할 것이다. 이『문학 노트』는 소설을 쓰는 작가의 경험을, 그 일의 고유한 혼돈에 휘말리면서, 어디까지나 작가의 입장에서 이야기한 것이기 때문이다.

내가 이『문학 노트』와 병행하며 써 온 장편 소설의 제목은 성경의 시편에서 따온 것이다.(『홍수는 내 영혼에 이르고洪水はわが魂に及び』를 가리킴) 그 말인즉슨 나처럼 제목을 붙이는 유형의 작가에게는, 이 소설을 쓰기 시작하면서 나를 가장 근원적인 곳에서 파고들게 한 종합적인 주제가 시편의 한 구절에서 비롯되었다는 뜻이다. 나는 무신론자이지만, 성경과『왕생요집往生要集』을 비롯한 불교 서적은 자주 곱씹으며 읽는 편이다. 솔직히 이런 말을 하면 종교가 있는 사람들이 조롱하겠지만, 이렇게 읽는 대신 다른 방식으로 읽도록 강요당하는 것에 대한 두려움과 동시에 너무 강한 매혹을 느끼기 때문에, 나는 무신앙을 고집하고 있는 것이 아닌가 하는 의심이 들 정도다….

시편의 말씀은 다음과 같은 구절이었다.

> 하나님이시여 바라건대 나를 구원하소서
> 홍수가 내 영혼에까지 흘러 들어왔나이다
> 나는 설 곳이 없는 깊은 진흙탕에 떨어지고
> 깊은 물에 빠지니 홍수가 내게 넘치나이다
> 내가 부르짖다 지쳐 나의 목이 마르며
> 내 눈은 나의 하나님을 애타게 기다리다 쇠하였나이다

말할 필요도 없이 시편에서 이렇게 탄식하는 주체의 여호와에 대한 갈망은 참으로 강렬하고 치열하다. 게다가 …하며, 깊은 물속에서 진흙탕에 파묻혀 지치고 쇠약해져 가면서, 그래도 여전히 …라고 간절히 호소하고 있다. 그러나 시편을 읽는 우리가 그 희구의 절절함에 감탄하면서 동시에 그의 애통한 목소리 자체에 영혼을 닫아 버리는 느낌을 받는 것도 또한 엄연한 사실일 것이다. 나는 내 소설의 삼십 대 남자를 그런 탄식의 목소리로 가득 찬 갈망의 한가운데 두고 첫 줄을 쓰기 시작했다. 그리고 한 마디 한 마디, 한 줄 한 줄 글을 써 내려가는 동안 내 귀에는 늘 이 시편의 한 구절이 내면의 음악으로 울려 퍼졌다.

그런데 소설의 말미가 가까워지면서 가속도가 붙은 작업 속에서, 원래 같은 말이지만 그것을 성경의 다른 곳에서 들

려오는 목소리로 듣기 시작했다는 것을 깨달았다. 새로운 목
소리는 요나서에서 들려왔다.

요나가 물고기 뱃속에서 그의 하나님 여호와께 기도하여
아뢰기를 "내가 받는 고난으로 말미암아 여호와께 불러 아뢰었
더니 주께서 내게 대답하셨고 내가 명부의 뱃속에서 부르짖었더
니 주께서 나의 음성을 들으셨나이다
주께서 나를 깊음 속 바다 가운데 던지셨으므로 큰 물이 나를 둘
렀고 주의 파도와 큰 물결이 다 내 위에 넘쳤나이다
내가 아뢰기를 '내가 주의 목전에서 쫓겨났으니 주의 성전을 어
떻게 다시 바라보겠습니까' 하였나이다
물이 나를 둘렀으되 영혼까지 이르렀사오며 깊음이 나를 에워쌌
고 바다풀이 내 머리를 휘감았나이다
내가 산의 뿌리까지 내려갔사오며 땅이 그 빗장으로 나를 오래도
록 막았사오나 나의 하나님 여호와여 주께서 내 생명을 구덩이에
서 건지셨나이다
내 영혼이 내 속에서 쇠약해 갈 때 내가 여호와를 생각하였더니
내 기도가 주께 이르렀사오며 주의 성전에 미쳤나이다
거짓되고 헛된 것을 숭상하는 자는 자기에게 베푸신 은혜를 저버
렸사오나
그러나 나는 감사의 목소리로 주께 제사를 드리며 나의 서원을
주께 갚겠나이다 구원은 여호와께서만 오나이다"
여호와께서 그 물고기에게 명하시니 요나를 뭍에 뱉어 냈다

이 큰 물속에 가라앉으며 기도하는 자는 예전에 여호와의 얼굴을 피하여 도망친 인간이다. 게다가 고래가 일단 뱃속에 삼켰다가 지상으로 토해 낸 후에는 여호와의 명에 따라 큰 도시에 멸망을 알리러 가는 것을 주저하지 않는 사내이다. 그리고 멸망해야 할 자들이 회개하여 신에게 용서받자, 이번에는 용서해 준 여호와를 향해 맹렬히 분노하며 덤벼드는 불굴의 민주주의자democrat이다. 자신의 목숨이 위태하던 고래 뱃속에서의 기도에는 이 두 요나 사이를 오가는 영혼의 강렬한 외침이 담겨 있다.

즉 아무리 미묘한 차이일지라도 「지휘자를 따라 '백합' 가락에 맞추어 부르는 다윗의 노래」(시편 69편)의 울림과 요나서의 고래 뱃속에서 들려오는 기도의 울림과는 확연한 차이를 느낄 수 있을 것 같다. 그리고 그 미묘하지만 뚜렷한 차이의 능선을, 나의 소설 제작 기간과 노력을 통해 소설 속 삼십 대 남자가 점차 극복해 나가고, 그 극복 작업에 작품 속 젊은이들이 협력하며, 그리고 또 그 삼십 대 남자의 협력에 의해, 다름 아닌 작가인 나 또한 어느새 그곳을 넘어서 극복해 나가고 있는 것을 느낀다….

물론 이것으로 인해 소설 속 삼십 대 남자의 이야기의 결말에 큰 변화가 생겼다는 것은 아니다. 소설 중반쯤에 이미 확실히 보였던 선을 자유자재로 확장하여, 그는 자신의 파국

catastrophe 속으로 뛰어든다. 그러나 그것을 예상한 시점에서 그의 마지막 청각을 울렸어야 할 목소리의 울림은 「지휘자를 따라 '백합' 가락에 맞추어 부르는 다윗의 노래」의 음계에 의한 것이었지만, 현실에서 쓰여진 소설에서 그의 귀에는 요나서의 고래 뱃속에서 들려오는 기도하는 목소리의 어떤 장엄한 울림이 들리는 듯하다. 나카노 시게하루中野重治의 가장 초기 소설의, 진흙탕 속에서 인간의 불굴의 목소리가 울려 퍼지는 것처럼.

> 그래서 고무장화를 신고 질퍽질퍽 걸어가는데, 그 진흙길이 끝없이 이어지는 듯한 느낌이 들어서, 나는 '좋아 그럼 끝까지 질퍽질퍽 걸어가 보자'고 하는 오기가 생겨, 비장감과 용기가 솟구치는 것을 느꼈지만 말이다.

물론 내가 쓴 소설의 말미에 나오는 삼십 대 남자의 육체=의식을 관통하는 목소리가 이렇게까지 명료한 것은 아니다. 그는 오히려 그 장엄한 울림을 멀리서 들려오는 목소리처럼 아주 희미하게 듣고 있을 뿐이다. 어쩌면 그 울림은 소설을 쓴 작가인 나의 육체=의식에만 간신히 전달될 수 있는 것이며, 거대한 현실 세계의 잡음 속에 있는 낯선 타자들에게는 끝내 전달되지 못할 미세한 울림일지도 모르겠다.

하지만 이 『문학 노트』의 마지막 단락을 쓰면서 지금 소설 교정본을 수정 보완해 봉투에 넣어 인쇄소에 다시 보내려는 작가인 내가 할 수 있는 일은 도대체 무엇일까. 그 미세하지만 확실한 울림을 들으면서, 만약 이 소설을 쓰면서 보낸 긴 세월이 없었다면 결코 자신의 육체=의식은 이 울림의 진실을 듣지 못했을 거라고 혼자 은근히 믿는 것 말고는? 그리고 그렇게 객관적으로 어떤 보장도 없는, 그저 은근히 믿는 마음만으로, 작가는 또다시 다음 소설을 향한 표현적 모색을 시작하는 것이다.

미래를 향해 회상하다

오에 겐자부로

1

이미 40대 중반을 훌쩍 넘긴 내가 삶을 결정하는 선택에 직면해 있는 20대 중반의 나에게 과거를 향해 시간을 관통하며 당부하고 싶은 말이 있다.── 왜 그렇게 서두르는가. 왜 침묵을 지키며 진득이 표현의 때가 무르익을 때까지 기다리지 않는가. 인생은 단 한 번뿐이거늘. 이렇게 절절한 심정으로 호소하는 몽상에 젖어 있는 나를 발견하곤 한다.

그리고 생각해 보면 나는 그런 쓸데없는 생각에 사로잡히기를 반복하는 성격이다. 이미 쓴 적이 있지만, 아직 어린 시절인데도 불구하고 평생 처음으로 죽음의 공포에 떨었던 기억이 다음과 같이 있다. —— 아, 벌써 십 년이나 살았구나! 내 목숨이 몇 살까지인지는 모르겠지만, 분명한 것은 내가 그중 십 년이나, 아, 벌써 써 버렸다는 것이다!라고 나는 한탄하고는 했다. 되돌릴 수 없는 과거를 '그땐 이랬으면 좋았을 텐데'라고 암울하게 생각하는 버릇은 천성인 것 같다.

전쟁이 끝났을 때 나는 바로 그 열 살이었지만, 이 외에도 비슷한 종류의 유치하고 숨 막히는 공상에 사로잡혀 있었다. 전쟁이 계속되는 동안 비록 소년이라도 할 수 있었던 일을 하지 않았다는, 그렇게 했으면 좋았을 텐데 하는 강한 후회. ——지금이라도 방공호 어딘가에 숨겨져 있을지도 모르는 무기를 캐내어, 점령하러 오는 연합군 병사들을 매복하여 기다린다. 만약 그런 소년병단이 조직된다면, 거기에 합류할 텐데….

대학에 들어가기 전후로는 고등학생들이 자유분방하게 풀어져서 사는 방식, 이 삶을 즐기는 방식, 충실하게 사는 방식을 체험하지 못했다고 아쉬워했다. 그리고 대학 재학 중에 소설을 쓰기 시작하면서 학문적 자기 수련을 포기한 것에 대해서는 이십 년째 후회하고 있다. 그것이 내 작가 생활의 기본적인 마음가짐이라고까지 말할 수 있을 정도다.

그 연장선상에서, 그리고 지금 결정적인 힘으로, 사십 대 중반을 넘긴 내가 이십 대 중반의 나에게 "왜 그렇게 서두르는가. 왜 침묵을 지키며 진득이 표현의 때가 무르익을 때까지 기다리지 않는가. 인생은 단 한 번뿐이거늘."이라며 외치고 싶다. 그 외침이 실제로 효과를 발휘하여 이십 대 중반의 내가 원고지를 덮고 프랑스어 또는 영어 사전을 찾는 모습을 상상해 본다. 그것도 깨닫고 보면 지긋지긋할 정도로 오랜 시간, 모든 것이 오롯이 나의 책임이었던 과거의 선택에 대해 원망 섞인 어두운 마음인 채로. 물론 그런 생각에 이끌려 현재의 삶의 구조를 변화시키려는 것은 아니다. 고개를 가로저어 마음을 다잡고는 이십여 년 전 선택에서 시작하여 지금까지 이어 온 작가로서의 작업에 다시 몰두하고 있는 나를 발견한다.

이십 대 중반에 소설을 쓰기 시작한 내가 그 나이답게 내면에서 분출하는 표현에 대한 갈망에 사로잡혀 있었음은 의심할 여지가 없다. 또한 이십 대에 썼던 단편 소설 중에 아마도 내가 평생에 걸쳐 쓰게 될 이 장르의 가장 뛰어난 작품이 있을 거라는 생각을 했던 것도 사실이다. ——어쩔 수 없는 일이다. 나는 너무 일찍 시작했지만, 거기에는 그럴 만한 깊은 동기가 있었고, 그것은 지금은 제대로 복원할 수 없을 정도이다. 일찍 시작한 사람답게, 응당 갖추어야 할 원숙함을 향

해 힘차게 나아가자. 결국 이렇게 선택한 삶이야말로 나에게
단 한 번뿐인 삶이라는 관념을 가지고, 언제까지나 어린아이
같이 진전 없이 반복되는 이 어두운 관념을 이제는 버리기로
하자. 그렇게 해서 실제로, 최종적으로 결론을 내리는 연습
을 해 보자.

생각해 보면, 너무나 미숙한 상태로 이론적 준비도 아무것
도 없이 소설을 발표하기 시작한 나에게 가장 먼저 찾아온,
그때까지의 작업을 총체적으로 돌아보는 성찰의 글, 그것이
바로 「출발점을 확인하다」였다. 즉 1966년부터 이듬해까지
출간한 『오에 겐자부로 전작품·제Ⅰ기』의 각 권 말미에 쓴 글
이다. 거기서 나는 뒤늦게나마 작가라는 것이 무엇인지, 왜
내가 문학을 선택했는지에 대해 인식론적으로 자기 정비를
하려고 노력했다.

지금 시간을 두고 이 일련의 글을 다시 읽으면서, 아직 삼
십 대 초반인 나에게 작가 생활의 피할 수 없는 우울 비슷한
것이 이미 들러붙어 있는 것을 보고 어휴 하는 감정이 들기
도 하지만, 한편으로 포크너를 읽고 거기서 구원의 이미지를
발견하여 용기를 얻고 있는, 역시 젊다고밖에 할 수 없는 내
면생활에 그리고 다음과 같이 그 일련의 문장의 서두 부분을
마무리하고 있는 것에, 대단히 일찍 작가의 일을 시작한 것
에 대한 돌이킬 수 없다는 어두운 생각과는 또 다른, 어떤 그

리움을 불러일으키기도 한다.

> 그러나 말할 필요도 없이, 포크너와 같은 거대한 소설가가 성취한 것이 우리의 구체적인 규범이 될 수는 없다. 나는 지극히 불확실한 감각 속에서 어딘가 광기 어린 어둡고 무서운 것에 맞서 힘겹게 나 자신의 뿌리를 내리기 위해 애쓴다. 그 뿌리가 얼마나 내 개인의 껍질을 뚫고 타인과 공통의 지층으로 내려갈지 나로서는 예측할 수 없다. 하지만 그 모호한 행위가 지난 몇 년 동안 내가 해 온 일의 전부이고, 앞으로도 오랫동안 계속하려고 하는 일의 전부다.

이어서 나는 젊은 작가다운, 소설에 대한 소박한 믿음을 이야기한다. 그것은 현재의 내가 다양한 소설관을 두루 섭렵한 뒤에도 여전히 소설 쓰는 일을 하고 있는 이상, 기본적으로 지금도 가지고 있는 믿음이라고 말하지 않을 수 없을 것이다.

또한 윤리적이라고 할 수 있는 다음과 같은 소설에 대한 인식이, 여기서 언급하고 있는 음악가 다케미쓰 토오루武満徹의 변함없는 깊은 영향과 함께 현재의 나를 형성하는 요소이기도 하다는 것을 다시 한 번 인정한다.

한 인간이 자신의 내면 깊숙한 곳으로 폐쇄적으로 들어가는 것이 세상을 향해 의식을 확장하는 것과 일치한다, 나는 인간 의식의 구조를 그렇게 이해하고자 한다. 적어도 음악가뿐만 아니라 소설가도 그렇게 자신의 의식을 중심에 둠으로써 개인의 죽음을 내면에 품고 있는 자신의 끔찍한 고립무원의 상태와 현기증이 날 정도로 방대한 수의 인간 군상이 끊임없이 태어나고 죽어 가는 세계 전체와의 사이에 다리를 놓아야 한다. 그렇게 한 인간의 얼굴은 개인과 사회, 그리고 세계를 연결하는 기본적이면서 궁극적인 역할을 하게 되는 것이다.

그런데 이렇게 작업을 이어 가던 젊은 작가인 나는 작업 자체가 왠지 죄스러운 행위로 느껴지기도 했다. 그래서 나는 사실 다음과 같은 생각을 했다.

오히려 나는 항의, 협박 편지나 전화를 접할 때마다 일종의 안도 감마저 느꼈던 것 같다. 표현이라는 하나의 죄스러운 행위를 저지른 인간으로서 자신이 처벌받고 있다는 느낌만이 그 안도의 원인이었다.

실제로 자주 받았던 항의와 협박 편지·전화에 대한 끔찍한 기억과 함께 이 안도, 기묘한 안도감에 대해서도 나는 또렷이 기억하고 있다.

2

『문학 노트』를 출간할 때 나는 서문으로「이 노트를 위한 노트」라는 짧은 글을 덧붙였다. 그 주요 내용은 다음과 같다.

> 이 『문학 노트』는 Writer at work라고 할까, 실제로 작업을 진행하는 작가의 의식에 대해, 그리고 내가 자주 써 온 표현을 빌리자면, 단순한 의식을 넘어선 의식=육체에 대해 쓴 글이다. 이것은 구체적으로 『홍수는 내 영혼에 이르고』를 집필하는 작업의 순간순간에, 실제로 그 소설을 쓰고 있는 나 자신을 분석한 임상 보고서이다.
>
> 이 노트를 쓰는 작업은 장편을 반복해서 방법론적으로 정비하기 위해 나 자신에게 효과적이었다. 그리고 이것이 단순히 나 한 사람만을 위한 것이 아니라, 앞으로 새롭게 소설을 쓰는 사람들 그리고 작가의 의식=육체에 깊이 관여하면서 소설을 비평하려는 사람들에게도 유효하기를, 나는 희망한다.

나는 바로 위와 같은 생각에 따라 『문학 노트』를 문예지에 계속 써 내려갔다. 그러나 여기서 내가 희망한다고 썼던 대로 소설을 쓰고 소설을 비평하는 사람들에 대한 이 글의 유효성을 실제로 믿었느냐고 묻는다면, 그렇지 않았던 것 같다는 생각이 든다. 그렇다면 나는 출판 홍보에 도움이 될까 싶어 아무렇게나 글을 쓴 것일까? 그건 그렇지 않았다. 내 작품을 책으로 만들어 준 적이 있는 편집자라면 분명 씁쓸한 표정으로 증언하겠지만, 나는 출판 홍보 쪽의 섭외에는 오히려 반항적인 집필자였다.

나는 이 『문학 노트』가 소설을 실제로 쓰는 사람이 경험하는 과정을 꽤 잘 기록한 글이라 여겼고, 그리고 그것이 젊은 사람들의 소설을 쓰고 소설을 비평하는 작업에 적어도 밑거름이 될 수 있는 부분을 많이 담고 있다고 믿었지만, 그럼에도 불구하고 이 작품은 전체가 나 개인의 실제 소설 창작에 너무 밀착되어 있다고 생각하기도 했다. 그래서 과연 제삼자가 나라는 개인의 흔적이 새겨진 노트를 그의 작업에 유효한 것으로 받아들일 수 있을지 의심스러웠다. 때문에 나는 오히려 아련한 꿈처럼 희망한다는 의미를 담아 그 서문을 썼던 것 같다.

하지만 지금 『문학 노트』를 다시 읽으면서 좀 더 농밀하고 확실한 형태의 희망으로 표현했어도 좋았을 거라고 생각한다. 그 이유로는 내가 이 작품 이후 꽤 시간이 지나서 『소설의 방법』(이와나미현대선서)을 썼다는 것을 들 수 있다. 거기서 나는 러시아 형식주의 문학 이론과 맞닥뜨리며 내 소설의 방법론을 종합해 나갔다. 그런데 『소설의 방법』에서야 비로소 명확히 할 수 있었다고 자각했던 방법론이 이미 『문학 노트』

에서 모두 자작의 경험을 통해 서술되어 있음을 깨닫게 되었기 때문이다. 그것을 지금 새삼스럽게 인정할 수 있다는 것은 솔직히 뿌듯한 일이다. 다만 내가 우리나라 문단 저널리즘에 종사하는 작가나 평론가로부터 당신의 『문학 노트』나 『소설의 방법』이 소설을 쓰고 소설을 비평하는 일에 직접적으로 도움이 되었다는 메시지를 전달받은 적은 지금까지 단한 번도 없었다. 하지만 향후에 아직 무명의 작가들에게서 그것을 기대하지 못할 이유는 없을 것이다.

당연하게도 『문학 노트』에는 내가 훗날 『소설의 방법』에서 채택하는 사고방식과 상반되는 논리도 발견된다. 또한 『소설의 방법』이 어디까지나 방법에 대한 연구인 반면, 『문학 노트』에서는 방법론에 대한 생각과 함께 소설의 인식론이라고 하는 것이 더 적합한 내용도 많이 언급하고 있다. 이것은 「출발점을 확인하다」와 직결되는 글쓰기 방식이지만, 이 역시 소설을 써 온 경험을 바탕으로 한 것임이 분명하다.

예를 들어 나는 다음과 같이 썼다.

작가는 '이 세상에 실재한다는 것은 나에게 이런 것이다'라고 다른 사람들에게 알리고 싶은 것이다. 작가는 '나에게 이 세상과 그 안에서 삶을 영위하는 인간이란 이런 존재이다'라는 것을 드러내 보이고 싶은 것이다. 자신이 세상을 들여다보는 구멍을 통해 '인간이란 이런 존재다'라고 지옥에 떨어질 만큼의 각오로, 오롯이 그 자신의 책임하에 인정하고 싶은 것이다. 이는 작가가 한 명의 인간으로서 한 번뿐인 생을 살아가는 방식으로, 이 세계에 인간 으로서 살아가는 의미를 파악해 보이는 독자적인 행동이다. 결국 이는 작가가 그만의 스타일로 이 세상과 이곳에 인간으로 살아간 다는 것의 전체를 재구성해 보려는 시도이지 않을까?

서른 중반의 내가 작가의 작업이 내포하는 근본적인 의미 에 대해 이렇게까지 확신을 가지고 이야기했다는 사실에 여 전히 가벼운 놀라움을 느낀다. 나는 지금도 위와 같은 생각 을 결코 부정하지는 않지만, 작가로서 개인의 작업을 지속해 나가는 것은 그 근본적인 의미에 대한 의구심도 쌓이게 하는 작용을 한다. 아니, 어쩌면 그 시절의 나에게 이미 그런 의구 심이 뿌리내리고 있었을지도 모른다. 오히려 나는 『문학 노 트』를 쓰면서, 그 일환이라기보다는 중심 작업으로 계속 집 필하고 있던 『홍수는 내 영혼에 이르고』를 향해 스스로를 더욱 고무시키기 위해, 작가가 어떻게 소설을 쓰기 시작하는 지를 이렇게 확신에 찬 어투로 써 내려간 것이 아닐까 싶다.

앞의 인용문 조금 뒷부분에 『소설의 방법』을 쓴 지금은 생각이 완전히 달라졌음을 인정하지 않을 수 없는 다음과 같 은 구절이 나온다.

오히려 이 제4간빙기의 인류 역사 최초로 유일한 생각하는 사람
이라도 된 것처럼 전통에 기대지 않는 독력獨力의 기개로 일체의
방법론적 도움을 거부하며 그야말로 원숭이가 나무에서 떨어진
이래 지금까지 수많은 역사상의 지적 모험가들이 이루어 낸 목록
에는 눈길도 주지 않고, 오로지 자기 스타일의 세계의 의미를, 거
기에 인간으로서 살아간다는 의미를, 자신의 말로 새겨 가려는
인간이 작가인 것이다.

  나는 이러한 생각의 근간을 이루는 소설을 쓰는 행위의 매
번의 일회성을 지금도 믿고 있지만, 소설을 쓰는 일이 일체
의 방법론적 도움을 거부하며 이루어진다는 생각에는 반대
하지 않을 수 없다. 다양한 이질적인 영역으로부터 온갖 방
법론적 도움을 받으면서 소설을 써 나가는 것이 지금의 나
개인이 품고 있는 작가라는 직업에 대한 최선의 꿈이다.
  내가 소설을 쓰면서 경험을 통해 체득한 사고방식 중 러시
아 형식주의 이론을 접하면서 명확하게 재확인할 수 있었던
가장 단적인 예는 나의 말로는 표현의 물질화, 러시아 형식
주의의 말로는 '낯설게 하기'라는, 그 두 가지의 일치이다.
  러시아 형식주의 이론가 시클롭스키Viktor B. Shklovsky의
'낯설게 하기' 개념. 지각의 자동화 작용으로부터 '사물'을
해방하는, 그 행위로서의 '낯설게 하기'에 대해 나 자신에 의
한 전개도 포함해서 『소설의 방법』에 썼다. 그것을 참고하

면 알겠지만, 나는 표현의 물질화라는 것을 설명하려다 보니 의도하지 않게 시클롭스키가 '낯설게 하기'를 설명한 것과 동일한 길을 걷고 있었던 것이다.

일상생활에서 우리는 '사물'에 둘러싸여 살면서도 그것들을 '사물'로 인식하지 못하고 있다.

> 그런데 우리의 현실 세계에 어떤 이변이 일어났다고 가정해 보자. 사랑하는 사람이 목숨을 잃는 것과 같은 괴로운 일이 자신에게 닥쳐온다. 그럴 때 갑자기 우리는 자신의 눈=의식에 주변의 사물이 '사물'로서 새롭게 실재하기 시작한다는 것을 의식하게 되는 것은 아닐까.

이는 시클롭스키가 레프 톨스토이의 일기를 인용하며 제시한 지각의 자동화 작용과 그로부터의 '사물'의 해방이라는 맥락에 그대로 부합하는 것이다. 위와 같은 수순을 거쳐 나는 "소설 속에서의 이미지의 물질화, 소설의 문장 몇 줄, 몇 페이지가 물질화되어 있고, '사물'의 존재감을 갖추고 있다는 것의 구체적 의미를, 나는 위에서 열거한 의식 현상에 그대로 연결되는 것으로 생각할 수 있다고 보는 것이다"라고 했던 것이다.

이러한 양자의 일치를 기뻐하면서도, 나는 내가 만들어 낸 표현의 물질화라는 이론보다 러시아 형식주의의 '낯설게 하기'라는 말이 방법론적으로 더 유효하다는 것을 말하지 않을 수 없다. '낯설게 하기'라는 단어는 일단 그 개념을 잘 파악하기만 하면 물질화라는 모호한 표현보다 훨씬 확실하게 활용할 수 있는 단어다. 물론 나의 이론도 그 방향성을 제시하긴 했지만, '낯설게 하기' 이론은 더 명확하게, 단어 하나하나의 레벨에서 문장의 레벨, 이미지의 레벨, 그리고 작품 전체의 레벨까지 일관성 있게 사용될 수 있는 이론이다. 러시아 형식주의 이론가들은 그렇게 정의하고 있다.

나는 『소설의 방법』에서 러시아 형식주의의 '시적 언어'를 문학 표현의 언어라고 부르며 일상·실용 언어와 대립시켰다. 그리고 이런 사고방식의 기본 형태도 이미 『문학 노트』에서 확인할 수 있다. 덧붙여 일본의 문단 저널리즘에서 가장 친숙해지기 어려운 이론으로, 혹은 그러한 이론화는 원래 불필요한 것으로서 결코 받아들여지지 않는 것이 바로 이 '낯설게 하기'와 '시적 언어'라는 개념인 것처럼 내 눈에는 관찰된다.

내가 『문학 노트』에 대해, 그리고 『소설의 방법』에 대해, 소설을 쓰고 소설을 비평하는 사람들에게 유효하기를 희망한다고 말하면서도 그 유효성이 현실로 구체화되는 것에 대해서는 모종의 의구심을 떨쳐 버릴 수 없는 이유로는 너무나도 노골적으로 이런 상황이 배경에 있음을 들 수 있다.

3

글을 쓴다는 것, 그것도 소설을 쓴다는 것은 현실 세계에 대한 제대로 된 행위라고 할 수 있을까? 특히 대학 투쟁 시기에 이런 질문을 많이 받았다. 그 시기는 내가 『홍수는 내 영혼에 이르고』를 준비하던 시기와도 겹쳤다. 이 소설 자체가 대학 투쟁의 영향을 받은 부분도 있다. 이 소설을 쓰면서 동시에 진행한 『문학 노트』에 '작가에게 이의를 제기하다'는 식의 제목을 붙인 장이 있는 것도 직접적으로 대학 투쟁과 관련이 있을 것이다. contestation이라는 단어의 번역어로 이의 제기라는 말이 자주 사용되기 시작한 것은 다름 아닌 대학 투쟁에서였기 때문이다.

그리고 원래 내 소설을 통해 나에게 관심을 가져 주었던 학생들이 — 소설을 쓰는 것이 현실 세계에 대한 적극적인 행위인가? 그것은 그렇지 않은 것 아닌가? 소설을 쓰는 것보다 더 제대로 된 행위를 위해 우리 곁으로 오라, 고 추궁하듯 요청하는 경우가 많았다. 나는 대학 투쟁에 대해 직접적으로 언급하는 글은 일절 쓰지 않았지만, 그 부름에 응답하는 마음을 담아 소설을 위한 준비를 거듭하던 시절로 그 시기를 떠올리게 된다.

나는 글을 쓴다는 것, 특히 소설을 쓴다는 것이 갖는 현실 세계에 대한 행위로서의 의미에 대해 항상 유동적인 생각을 가지고 있었다. 아니, 오히려 원래부터 모호한 사고방식에 기반해 작가로서의 삶을 이어온 것 같다. 소설을 쓰는 것이 이 현실 세계에 대한 적극적인 행위냐고 묻는다면, 아니, 반드시 그렇지는 않다, 작가란 결국 식충이일 뿐이라고 진심으로 대답할 수밖에 없었다. 동시에, 그러나 소설을 쓴다는 것이 이 현실 세계에 대해 어떻게 유효한 행위가 될 수 있을까 하고, 스스로에게 의구심이 들기도 했다.

따라서 내가 소설을 쓰는 행위라는 문제를 설정하면서 곰곰이 생각하기 시작할 때 우선 소설을 쓰는 행위 자체가 인간의 행위로서 어떤 성격을 띠고 있는지를 분석하게 되었다. 그러나 여기서도 모호함은 슬며시 끼어들어, 나는 이 분석을 현실 세계를 향해 소설을 쓰는 인간이 행하는, 즉 소설을 통한 사회적 실천으로서의 행위를 탐구하는 것으로 연결하고 싶다는 생각을 하기 시작했다.

제5장 「표현되는 말의 창세기」의 아래 표현과 위에서 말한 것과는 관계가 있다.

> 그리고 작가는 마침내 다음과 같은 결론에 이를 것이다. 지금 쓰고 있는 이 소설보다 오히려 소설을 쓰고 있는 중인, 현실 세계 속의 존재인 나의 육체=의식을 있는 그대로 표현하고 싶다라고.

즉, 소설을 쓸 때 하나의 허구를 만들어 내어 거기에 푹 빠진 채 현실 세계를 등지고 쓰는 것이 아니라, 그 허구는 오히려 부차적인 것이며, 지금 이 순간, 자신은 이 현실 세계에 발을 굳건히 딛고 표현 행위를 하고 있기 때문에 이러한 사실이야말로 작가가 가장 우선적으로 독자에게 전달하고 싶어 하는 것이라고 나는 썼던 것이다. 이를 실현하기 위한 글쓰기의 방식이야말로 작가가 가장 고심하는 부분이다.

4

동시대 작가들 중 내가 이러한 글쓰기 방식에 대해 가장 의식적인 작가로 꼽는 사람은 귄터 그라스Günter Grass이다. 그가 1977년에 발표한 『넙치』가 최근 번역되었다. 인류, 남자와 여자의 상호 지배 관계를 민담에 나오는 넙치를 매개로 신석기 시대부터 풀어낸 소설이다. 그렇게도 시간의 깊이를 알 수 없는 먼 옛날을 다룬 소설에 대해 왜 굳이 그 발표 연도를 기록하는가. 그것은 그라스의 역사를 넘어선 우화처럼 보이는 소설이 바로 오늘날의 현재를 고스란히 담아낸 작품이기 때문이다.

가장 단적인 예는 이 소설의 수많은 일화 중 가장 새로운 시기에 속하는 것으로 1970년 그단스크, 즉 레닌 조선소 파업에서 민간 경찰에게 총살당한 노동자의 이야기다. 남겨진 아내는 같은 조선소 구내식당에서 종업원으로 일하고 있다. 넉넉지 않은 배급을 이리저리 변통해 가며 이 여종업원이 만드는 요리. 바다를 향해 이름을 부르면 금세 가슴으로 뛰어들어 지혜를 주는 넙치처럼, 그녀가 차려 주는 밥상을 먹던 공장 직원들 중 해고된 한 사람이 어느 날 조선소 담장을 넘어와 파업을 지도한다.

폴란드의 독립자치노동조합 '연대', 바웬사 의장을 그런 인물로 그려 낼 수 있는 서술 방식이 바로 『넙치』의 문체다. 여기서는 신석기 시대 이후 인류의 역사가 요리 방식에 맞춰 광활하게 펼쳐진다. 그러나 작가는 다름 아닌 현대 세계, 바로 지금 이 순간에 문제의 핵심이 있다고 독자의 주의를 지속적으로 환기시키고 있는 것이다.

이는 『양철북』에서도 볼 수 있는 그라스의 표현 방식이다. 이 첫 작품이 전후 세계 문학을 대표하는 작품 중 하나가 될 수 있었던 것은, 세 살 때 성장을 멈추고 동시대에서 일어나는 어떤 움직임도 놓치지 않는 오스카 소년이라는 탁월한 시점의 발명이 있었기에 가능했다. 장난감 북을 치고 소리를 질러 유리를 깨뜨리는 신비한 오스카가 서 있는 곳, 나치 대두 무렵의 단치히, 즉 옛 그단스크에서 제2차 세계 대전 중의 그리고 전후 유럽의 현대사는 신선한 놀라움으로 가득 찬 얼굴을 드러낸다.

그러나 소설을 쓰는 방식에 관한 한, 그라스의 승리 요인은 이야기하는 방식의 발명에 있었다. 외설적이면서도 유머러스한 에너지와 편집증적인 명료함을 지닌 내러티브, 그것은 확실히 오스카 자신에 의한 것이다. 그런데 그것도 세 살 때 지하실 계단에서 스스로 떨어져 성장을 포기한 오스카가 여러 방황을 겪은 후, 호적상 아버지의 죽음을 계기로 그 무덤에 북을 던져 넣고 다시 성장하기로 결심한, 바로 그 후의 오스카가 들려주는 이야기다. 이 오스카는 정신병원에서 전후를 살아가는 우리와 동시대의 서술자인 것이다.

그래서 독자는 이것이 단순히 단치히의 아련한 향수 이야기가 아니라, 궁극적으로 독립자치노동조합 '연대'의 파업으로까지 이어질 수 있는 그단스크의 현대사, 곧 오늘날의 표현이라는 것을 되새기게 된다. 소설은 이 각성 작용의 기제를 이야기하는 것으로부터 시작된다.

공교롭게도 비슷한 시기에 폴커 슐뢴도르프 감독의 영화 『양철북』도 수입되었다. 제2차 세계 대전 당시 소년병이었던 그라스가 서른두 살에 이 소설을 발표하던 해, 슐뢴도르프는 스무 살이었으리라. 『양철북』은 그런 두 세대의 협력이 빚어낸 멋진 영화다. 카슈바이 지역의 광활한 감자밭. 아직 젊은 처녀인 오스카의 할머니가 여러 겹으로 겹쳐 입은 치마. 그 속에 숨어 있는 할아버지. 점령된 파리에서 난쟁이 서커스단의 전선 위문단에 합류한 오스카가 바라보는 에펠탑. 그것은 치마 속 풍경 같기도 하고, 세상을 덮는 천막 같기도 하다. 그렇게 오스카의 내면에 선명하게 떠오르는, 그가 가장 그리워하는 우주의 모습. 그런 그라스의 핵심 주제가 슐뢴도르프의 영상에 의해 단번에 구체화되는 풍경의 고전적 아름다움, 인물의 즉각적인 강렬함, 의심할 여지없는 오늘의 향기. 그것들은 숨이 막힐 정도이다….

하지만 스크린에 비친 이미지 뒤에서 진정 순수 그 자체인 소년의 목소리로 오스카가 설명을 시작했을 때 나는 솔직히 깜짝 놀랐다. 앞서 말했듯이 소설도 오스카가 이야기하고 있지만, 그 목소리는 지나간 단치히, 지금은 이름조차 사라져버린 단치히의 기억 속 세 살짜리 소년의 목소리가 아니다. 전쟁이 끝난 후 그리고 끝내는 오늘날까지도 정신병원에서 살아남아 계속 이야기하고 있을 오스카의 목소리이기 때문이다.

영화의 화자에게 소년 오스카의 목소리를 부여함으로써 소설의 과거를 현재에 중첩시키는 다층적인 글쓰기 방식을 단순화시킨 것은 당연히 슐뢴도르프도 인정할 것이다. 이 방대한 소설을 어떻게 2시간 22분짜리 영화에 그대로 담을 수 있을까. 영화를 위한 틀을 만드는 것, 즉 영화로 서술하는 방식에는 실제로 많은 고민이 담겨 있다.

영화는 카슈바이 들판의 비 내리는 풍경으로 시작해서 기차가 그 광활한 들판을 지나가는 장면으로 끝난다. 카슈바이의 들판에는 전쟁 직후 서쪽으로 떠나는 오스카 일행과 헤어져 지금은 연로한 할머니가 혼자 남아 있다.

이 틀이 소설 속에서 서슬라브의 아시아계 소수민족인 카슈바이인은 이주할 수 없고, 폴란드인도 독일인도 될 수 없으며, 이곳에 남아서 머리를 두들겨 맞을 뿐이라는 할머니의 처연한 말을 가슴에 새기게 하는 것이다. 오늘날 이 나라에서 벌어지고 있는 사태에 이주하지 못하고 남아서 머리만 두들겨 맞을 수밖에 없었던 카슈바이 사람들이 어떻게 관련되지 않을 수 있겠는가?

결국 그라스의 방법과 슐렌도르프의 방법은 서로 다른 날카로움과 깊이를 나타낸다. 그리고 양쪽을 모두 받아들이는 우리는 두 개의 『양철북』이 협공하듯 제시하는 현대사의 연결고리 위에서 다름 아닌 오늘에 대한 메시지를 확실히 포착할 수 있을 것이다.

오십 대의 작가 그라스와 사십 대의 감독 슐렌도르프가 표현하는 단치히의 현대사. 그라스와 거의 동갑내기인 안제이 바이다 감독의 『대리석 인간』을 사이에 끼워 넣으면, 삼십 대의 바웬사가 지도하는 독립자치노동조합 '연대'의 그단스크를 거기에 연결시키는 것이 근거가 없다고 할 수 없으리라. 그리고 그들 각자의 표현 행위를 열광적으로 받아들인 유럽의 젊은이들을 생각하면, 진정으로 현대를 표현하는 행위의 세대를 초월한 공동 작업의 모델을 발견하게 될 것이다.

지금 일본에서는 예술 내부에서조차 그 여러 분야가 제각 각이다. 세대 간의 단절도 두드러진다. 패전 직후의 전후 문학자들과 그들의 동료였던 다양한 예술가들·학자들. 그들의 노고를 굳이 알려고 하지 않는 세대를 대상으로 한 전후 역사 왜곡도 진행 중이다. 다름 아닌 오늘을, 내일을 향해, 현대사의 맥락 속에서 총체적으로 파악하기 위해, 어째서 너희들은 협력하지 않느냐고 그라스 등의 작업은 말한다.

5

그러나 그 전에 우선 일개 작가인 나는 나를 포함한 우리나라 동시대 작가들에게 말해야 할 것이 있다. 우리가 어떤 구상과 방법론에 입각한 소설을 쓰든, 우리가 현대사 속의 오늘 현재에 발을 딛고 이 소설을 쓰고 있다는 것을 독자에게 명확하게 확인시킬 수 있는 구조를 만들고, 그 위에 소설을 써 내려가지 않는다면, 그라스 등의 협동 작업을 본받아야할 첫 단계조차도 어정쩡한 것이 될 것이다.

그렇게 생각하기 시작하면, 소설을 쓰는 행위의 분석과 소설 쓰기를 통해 현실 세계에 영향을 미치는 행위를 탐구하는 것이 새로이 통일된 과제가 될 것이다.

읽는 행위에서 쓰는 행위로

1

　오에 컬렉션의 세 번째 책은 『쓰는 행위』이다. 중견작가
로서 문단 내 지위를 확고히 해 가던 오에 겐자부로가 방법
론적으로 가장 치열하게 고민했던 시기에 본격적으로 '쓰는
행위'를 논한 소설 창작론이다. 1974년 『문학 노트文学ノート』
라는 이름으로 단행본화되었고 『오에 겐자부로 동시대 논집
大江健三郎同時代論集』 전 10권 중 제7권 『쓰는 행위書く行為』
로 1981년 다시 출간되었다. 더욱이 『쓰는 행위書く行為』는
작가 사후 2023년 신장판으로 새롭게 간행될 정도로 오에의

대표적인 소설론이라 할 수 있다. 오에의 소설론·작가론의 정수가 담겨 있는 책이 오에 컬렉션의 일부로 국내에 처음 소개되어 매우 뜻깊다.

오에 컬렉션의 구성을 『읽는 행위』 다음에 『쓰는 행위』를 배치한 것은, 이 책이 읽는 행위를 통해 얻고 느낀 독자로서 그 지식과 감동을 이번에는 쓰는 사람이 되어 어떻게 표현할 것인가에 대한 안내서의 역할을 해 주기 때문이다. 다만 소설을 쓰는 데 필요한 세세한 기교를 가르쳐 주는 것은 아니다. 그보다 '작가는 왜 쓰는가?' '진정한 작가는 어떻게 써야 하는가?'와 같은 보다 근본적인 문제를 다루고 있다.

오에는 누구보다도 '쓰는 행위' 특히 소설을 '쓰는 행위'에 의식적인 작가였다. 전후 민주주의자를 표방하며 지식인으로서 사회·정치적으로 적극적인 활동을 하고 장애아의 아버지라는 점이 부각되다 보니, 국내외를 불문하고 '무엇을 이야기하는가' 하는 그 내용이 주목받는 경향이 강했다. 하지만 그는 '어떻게 이야기할 것인가'하는 표현 방식을 누구보다 치열하게 고민하고 공부한 작가이다. 『쓰는 행위』 이후에도 『소설의 방법小説の方法』(1978), 『방법을 읽다方法を読む』(1980), 『소설의 전략小説のたくらみ、知の楽しみ』(1985), 『새로운 문학을 위하여新しい文学のために』(1988), 『소설의 경험小説の経験』(1994), 『나라는 소설가 만들기私という小説家の作り方』(1998) 등 '쓰는

행위'에 관한 많은 문장을 남겼다. 심지어 후기 작품에서는 어떻게 쓸 것인가 의식하는 작가의 모습마저 소설의 소재로 대상화할 정도로 '쓰는 행위' 특히 소설을 쓰는 행위에 대한 구도적 자세를 보였다.

본서에서는 작가들이 소설을 쓰려고 책상에 앉았을 때 부딪힐 수밖에 없는 문제, 예를 들면 누구의 입으로 말하게 할 것인가, 시점은 누가 보게 할 것이며, 문체는 어떤 식으로 끌고 갈 것인가, 그리고 초고를 어떻게 고칠 것인가와 같은 고민들을 오에가 직접 설명해 준다. 특이한 것은 오에 자신이 장편 소설 『홍수는 내 영혼에 이르러』를 쓰면서 겪었던 고뇌와 절망을 보여 주고, 그러한 시행착오를 바탕으로 얻어 낸 지식과 교훈을 독자들에게 일종의 임상 보고 형식으로 풀어 내고 있다는 것이다.

일반적인 소설 작법서와 차별화되는 오에만의 독특한 창작론은 새롭게 소설을 쓰려는 사람들은 물론이거니와 소설을 다양한 방식으로 읽고자 하는 독자들에게 유용한 힌트가 되리라 믿는다.

2

각 장의 대략적인 내용을 살펴보면 다음과 같다.

제1장 「작가가 소설을 쓰려 한다」는 작가라고 하는 더 이상 '되돌릴 수 없는 영역에 발을 내디딘' 사람이 소설을 쓰려 할 때 직면하게 되는 막연하고 불안한 상황에 대한 설명이다. 이때 작가 머릿속에 있는 소설 내용과 작중 인물에 대한 이미지는 확실하고 고정된 것이 아니라 대단히 자유롭고 확장성이 강한 것이다. 시바 료타로司馬遼太郎 역시 장편 소설 『언덕 위의 구름坂の上の雲』 작가 후기에서 '소설이 갖고 있는 형식과 형태의 무정의無定義·비정형非定型'에 안심하고 긴 소설을 쓸 수 있었다고 한다. 그렇기 때문에 오에의 표현대로 요약은 말도 안 되는 행위인 것이다.

> 항상 말만 할 뿐 결코 완성하지 못하는 소설가는, 실은 그렇게 오해받는 것처럼 게으른 사람이 아니다. 그는 단지 요약이라는 마魔가 낀 불행한 작가일 뿐이다. (본문 p.19)

소설 창작에서 요약의 위험성에 대한 경구이지만, 많은 글쟁이들에게 위안이 되는 말이다.

제2장 「말과 문체, 눈과 관조」는 소설을 쓸 때 작가를 괴

롭히는 방해물, 즉 문체의 선택과 '눈'(시점의 문제와 미묘하게 다른)의 도입에 관한 내용이다. 오에는 이 두 가지를 작가 앞에 떡하니 대치하고 있는 괴물로 규정한다. 틀에 박힌 문체는 "진정한 문체를 쟁취하지 못한 인간이 자신의 문체의 결여를 애써 감추기 위해" 채택한 거짓 위장일 뿐이다. 지금 쓰고 있는 소설에 딱 들어맞는 문체를 찾는 방법은 "문장을 쓰고는 파기하고, 새롭게 문장을 쓰고는 다시 한 번 파기하는 시행착오를 끝없이 반복하는" 것뿐이다.

> 그의 '눈'을 직접 소설 속에 이입시키는 것이 아니라, 소설 세계에 어떤 하나의 '눈'을 창조하는 것이다. (본문 p.74)

문체, '눈'의 도입은 모두 기존의 것이 아니기 때문에 언어를 통한 암중모색이 필수불가결하다. 이 두 괴물은 작가가 초월적 힘으로 통제할 수 없으며, 진정한 문체와 독자적인 '눈'을 갖추기 위해서는 작가의 의식과 육체를 건 투쟁만이 소설을 전진시킬 수 있다.

제3장 「표현의 물질화와 표현된 인간의 자립」은 창작자의 고통이 고스란히 전해진다. 소설을 쓰면서 작가는 으레 자기혐오에 빠지는데, 그렇게 찢어 버린 습작 원고는 내 손으로 '방금 죽인 피해자' 같아서 마주하는 것이 극도로 무섭고 혐

오스럽다. 소설이란 형식은 시와 에세이와는 달리 대단히 비정형적이고 모호하기에 전체를 한눈에 관망하기 쉽지 않다.

> 작가는 언어의 광물 표본을 제출하는 것이 아니라, 땅속 깊은 곳, 어두운 곳에 묻혀 있는 광맥 전체에 대한 상상력을 불러일으키기 위해 애쓰고 있는 것이다. (본문 p.89)

이미지의 '물질화'란 우리가 평소에는 의식 밖에 두고 발견하지 못했던 것을 의식적으로 실재하는 것으로 인식하는 것, 깨닫는 것을 가리키는 오에가 창안한 용어이다. 러시아 형식주의의 핵심이론 '낯설게 하기異化'와 상통하는 것으로 이것이 일본에 본격적으로 소개되기 전에 오에는 이미 독자적인 용어로 설명하고 있는 것이다. 그리고 작중 인물 또는 등장인물이라는 고정된 용어 대신, '소설 속 인간'이라고 지칭하면서 기존의 해석과 관념으로부터 낯설어지고자 한다. 오에의 소설 창작 방법론에 대한 열의와 고뇌를 엿볼 수 있는 대목이다.

제4장은 「작가에게 이의를 제기하다」이다. "이건 내가 쓰려고 하는 소설이 아니야!" 하며 원고지를 찢어 버리고 싶은 욕망, 이러한 자기 부정을 작가는 오히려 긍정한다. 심지어 자기 부정 없이는 제대로 된 소설을 쓸 수 없다고 강조한다.

자기 부정을 원동력으로 해서 앞이 보이지 않는 암흑을 힘차게 뛰어넘어야 한다는 것이다. 비단 작가뿐만이 아니다. 독자 역시 상상력을 통해 자기 부정을 극복해야만 문학적 감동을 느낄 수 있다.

자기 부정, 즉 자신에 대한 이의 제기 그리고 타인으로부터의 이의 제기, 특히 성적이고 폭력적인 것에 대한 고정 관념과 편견에 당당히 맞서 싸울 때 상상력이 눈앞의 암흑을 제거하고 소설을 다음 단계로 인도할 것이다.

제5장 「표현되는 말의 창세기」는 소설의 표현 수단인 언어에 대한 내용이다. 작가들은 지금 쓰고 있는 소설이 정말 내가 표현하고 싶은 것인가라는 초조함에 사로잡힐 때가 많다.

> 말로 소설을 쓰면서, 곧 작가는 그 말이 세상을 만들어 가는 현장에 서 있는 것이다. 말이 인간을 만들고 사회화하는 현장에 서 있는 것이다. (본문 p.158)

태초에 말이 있고, 말이 세상을 만든다, 내가 그 창조의 현장에 서 있다. 이러한 '말의 창세기'를 쓰는 작가의 육체=의식의 일련의 행위·과정이 소설이라는 형태로 독자에게 전달된다. 이때 비로소 작가의 창작의 시간과 독자의 수용의 시간이 일치하는, 소설 독자의 기쁨의 근원에 닿게 되는 것이다.

그리고 이러한 창조 행위의 원동력은 바로 상상력이다.

제6장 「지움으로써 쓰다」는 퇴고에 관한 이야기이다. 작가는 소설의 초고를 완성하고 드디어 끝냈다는 고양감과 동시에, 자신의 일부 같은 원고 뭉치를 보며 육체적 혐오감을 느낀다. 원고는 아직 작가와 탯줄로 이어져 있기 때문이다. 작가에게서 완전히 분리되어 독립된 것이 되기 위해서는 계속 지우며 고쳐야 한다. 하지만 이런 행위는 내 육체 일부를 도려내는 것처럼 극히 고통스럽다. 오에는 "방금 쓴 소설을 대폭 삭제한다는 것은 마치 자식의 팔을 도끼로 베어 버리는 것과 같은 작업"이라고까지 표현한다. 실제 오에의 원고를 보면 마치 미술 작품을 보는 것처럼 원형을 알아보기 힘들 정도로 여러 색의 펜으로 고쳐 쓰고 있다. 비교문학자 요모타 이누히코四方田犬彦는 오에의 원고를 덩굴이 얽히고 얽힌 멕시코 유카탄 반도의 밀림 같은 광경이라고 비유한다.

3

이 책은 위와 같이 소설을 쓰는 방식에 대해 심도 있는 지식을 배우는 것은 물론이고, '쓰는 사람'으로서 오에 개인에 대한 여러 감정을 불러일으킨다.

그중 첫 번째는 경외심이다. 오에의 글을 읽으며 '쓰는 행위'에 대한 작가의 진지한 태도와 치열함에 새삼 압도당했다. 소설이라는 것이 이렇듯 무거운 저항을 거스르며 써 가는 작업이었나, 이렇게까지 고민을 해야 완성되는 것이었나 하는 생각이 절로 든다. 누구나 인생에서 소설이 될 법한 흥미로운 이야기를 한두 개는 갖고 있다고 한다. 그러나 직업 작가로서 꾸준히 써 나가려면 어떻게 쓸 것인가 하는 방법론과 소설이란 무엇인가 하는 인식론이 제대로 갖추어져야 한다. 아니 완벽하게 갖추어지지 않더라도 그러한 의식을 갖고 써야 한다고 오에는 몸소 보여 주고 있다.

안일하게 재밌는 이야기 한번 써 볼까 정도의 느낌으로 덤벼서는 독자에게 문학적 감동을 주는 글을 쓸 수 없다는 오에의 채찍질이 매섭다. 이 책은 그의 소설처럼 쉽게 읽히지는 않는다. 한 마디 한 마디, 한 줄 한 줄에 물질화가 되어 있다. 이는 독자들을 괴롭히려는 것이 아닐 터이다. 자신과 똑같은 것을 고민하게 될 새로운 작가들에게 글을 쓴다는 것은 작가의 육체=정신의 모든 것을 암흑 속으로 쏟아붓는 행위라고 선배 작가 오에가 보내는 경험담이자 조언이다.

이 책을 통해 느끼는 오에에 대한 두 번째 감정은 친근함이다. 소설가를 지망하거나 현재 소설을 쓰고 있는 사람에게, 23세 때 아쿠타가와상을 수상하며 일약 스타 작가로 데뷔한 후 32세에 다니자키상, 38세에 노마문예상 그리고 59

세 때 노벨문학상을 수상한 대작가로, 장편 30작품, 중단편 66작품을 남긴 오에는 구름 위의 존재이다. 히라노 게이치로平野啓一郎, 나카무라 후미노리中村文則 등 현대 일본 소설계를 주름잡는 인기 소설가들이 오에를 '소설가의 소설가', '소설가의 스승'으로 칭송한다. 오에의 열광적인 팬임을 자임하던 아사부키 마리코朝吹真理子는 첫 만남에서 실신해 버릴 정도였다.

히라노 게이치로는 오에 겐자부로 추도식에서

> 초기의 오에 선생님은, 소설가가 되려고 꿈꾸었던 스무 살 무렵의 저에게 심각한 자신 상실의 체험이었습니다. 이런 수준의 작품에서 출발한 소설가가 여전히 집필을 계속하고 있는 세계는 다른 어떤 세계보다도 빛나고 있었습니다.

라고 기렸다. 오에의 동시대 작가 지망생들이 오에의 소설을 읽고 자신감을 상실했다는 에피소드는 빈번히 접할 수 있다.

그런데 이 책을 읽다 보면 이러한 대작가도 이런 고민을 하는구나 하는 친근감을 느끼게 된다. 글을 시작하면서 불안해하고 자기혐오에 빠지는 모습, 문장을 쓰고는 파기하고 또다시 쓰는 시행착오를 끝없이 반복하며, 마지막 퇴고의 순간까지 자신에 대해 의심의 눈초리를 거두지 못하는 모습은 젊은 작가 또는 작가를 꿈꾸는 사람들에게 나만 힘든 게 아니었구나, 내가 잘못된 것이 아니었구나 하는 위안을 준다.

> 과장되게 들릴지 모르지만, 어떤 작가는 이 작업을 '자기 자식을 죽이는 일'이라고 표현하기도 했다. 그런데 현존하는 작가들의 미완성에서 완성본에 이르는 과정까지도 관심을 표하게 된 문학 연구가들이 어째서 작가가 육체적 혐오의 압력을 이겨 내면서 다시 쓰는 작업에 몰두하는 점에 대해서는 관심의 상상력을 발휘하지 않는 것일까? (본문 p.177)

오에는 초고를 고치는 작업을 이렇게 표현하고 있다. 이 책의 번역가이기 이전에 오에 연구자로, 위 인용에서 오에가 지적한 문학 연구자들에 해당하는 사람으로서, 이런 작가들의 고충을 몰라주고 날 선 비판에 열을 올렸다. 이 책을 번역하면서 새삼 오에가 어떤 마음으로 소설을 썼는지 절실히 깨닫는 계기가 되었고, 비교할 수는 없지만 이 해설이라는 글을 쓰면서 작가의 마음을 조금이나마 체험해 볼 수 있었다.

혹자는 소설 하나 쓰는데 이렇게까지 깊게 생각해야 하나 하고 볼멘소리를 할지 모른다. 작가가 방법론적으로 가장 고뇌에 찼던 시기, 그 해결책을 모색하던 시기의 지식과 경험이 젊은 작가들에게 위안과 도움을 줄 것이다. 재미있는 이야기가 화수분처럼 샘솟는 작가가 몇이나 있겠는가. 특히 오에는 대학생 때 데뷔하여 스타 작가가 되었고 직업 작가로서 다양한 경험의 부재를 콤플렉스처럼 생각했던 작가이다. 그렇기에 더욱 치열하게 방법론적 고민을 계속했고 다양한 시도를 통해 시행착오를 겪었다. 그는 어느 인터뷰에서 말했다. "한 자도 쓰지 않는 날은 없다." 원고지를 앞에 두고 있는 오에를 떠올리며, 왜 읽고 쓰는 삶을 지속하는가에 대해, 그리고 소설의 쓸모에 대해 진지하게 고민해 볼 수 있는 책이다.

2024년 5월 17일
정상민

오에 겐자부로 연보

1935 (0세) 1월 31일 에히메현 기타군 우치코초 오세愛媛県喜多郡内子町大瀬 마을에서 아버지 오에 요시타로大江好太郎와 어머니 고이시小石 사이에서 7남매 중 다섯째로 태어남.

1941 (6세) 4월 오세국민학교 입학. 12월 태평양 전쟁 발발.

1944 (9세) 1월 할머니 타계, 11월 아버지 타계.

1945 (10세) 히로시마広島·나가사키長崎에 원자폭탄의 투하로 일본 패전. 자연에서 영감을 얻어 시를 쓰기 시작함.

1947 (12세) 오세중학교 입학.

1950 (15세) 에히메현립 우치코고등학교 입학.

1951 (16세) 에히메현립 마쓰야마고등학교로 전학.

1954 (19세) 도쿄대 문과 입학.

1955 (20세) 불문과에 진학하여 와타나베 가즈오渡辺一夫 교수에게 배움.

1957 (22세) 단편「기묘한 일奇妙な 仕事」로 도쿄대 문학상[五月祭賞]을 수상. 『문학계文學界』에 단편「죽은 자의 사치死者の奢り」로 문단 데뷔.

신인 시절(1961)

1958 (23세) 「사육飼育」으로 아쿠 타가와상芥川賞 수상.

1959 (24세) 도쿄대 문학부 불문과 졸업.

1960 (25세) 이타미 주조伊丹十三의 동생 유카리ゆかり와 결혼. 소설 『청년의 오명青年の汚名』 발표.

1961 (26세) 단편「세븐틴セヴンティーン」,「정치 소년 죽다政 治少年死す」 발표. 이 작품으로 우익단체에게 협박을 당함. 8월 부터 4개월간 유럽을 여행하며 사르트르와 인터뷰.

1963 (28세) 소설 『외치는 소리叫び声』 발표. 장남 히카리光가 장애아로 태어남. 그 후 집필을 위해 히로시마 방문 취재.

1964 (29세) 소설 『개인적인 체험個人的な体験』으로 신쵸샤 문 학상新潮社文学賞 수상.

1965 (30세) 르포르타주 『히로시마 노트ヒロシマ・ノート』 발표. 여름 하버드대 세미나 참가.

1967 (32세) 장녀 나쓰미코菜摘子 태어남. 소설 『만엔 원년의 풋볼万延元年のフットボール』로 다니자키 준이치로상谷崎潤一郎賞 수상.

1968 (33세) 호주·미국 여행.

1969 (34세) 차남 사쿠라오桜麻 태어남.

1970 (35세) 평론 『읽는 행위: 활자 너머의 어둠読む行為: 壊れものとしての人間—活字のむこうの暗闇』, 르포르타주 『오키나와 노트沖縄ノート』 발표. 아시아·아프리카 작가회의 출석을 위해 아시아 여행.

1973 (38세) 소설 『홍수는 내 영혼에 이르고洪水はわが魂に及び』로 노마문예상野間文芸賞 수상.

1974 (39세) 평론 『쓰는 행위: 문학 노트書く行為: 文学ノ一付=15篇』 발표.

1975 (40세) 스승 와타나베 가즈오 타계. 김지하 시인의 석방을 호소하며 지식인들과 함께 48시간 투쟁.

1976 (41세) 멕시코에서 객원교수로 4개월간 체류. 아쿠타가와상 심사위원으로 활동.

1978 (43세) 평론 『소설의 방법小説の方法』 발표.

1979 (44세) 소설 『동시대 게임同時代ゲーム』 발표.

1981 (46세) '오에 겐자부로 동시대 논집大江健三郎同時代論集'(전 10권) 발표.

1983 (48세) 소설 『새로운 사람이여 눈을 떠라新しい人よ眼ざめよ』 발표. 캘리포니아대 버클리 캠퍼스에서 연구원으로 체류.

1985 (50세) 평론 『소설의 전략小説のたくらみ、知の楽しみ』 발표. 소설 『하마에게 물리다河馬に噛まれる』로 오사라기지로상大佛次郎賞 수상.

1986 (51세) 일본에서 황석영 소설가와 대담. 소설『M/T와 숲의 이상한 이야기M/Tと森のフシギの物語』발표.

1987 (52세) 소설『그리운 시절로 띄우는 편지懐かしい年への手紙』발표.

1988 (53세) 평론『새로운 문학을 위하여新しい文学のために』발표.

1990 (55세) 첫 SF소설『치료탑治療塔』발표.『인생의 친척人生の親戚』으로 이토세문학상伊藤整文学賞 수상.

1993 (58세) 『우리들의 광기를 참고 견딜 길을 가르쳐 달라われらの狂気を生き延びる道を教えよ』로 이탈리아 몬델로상 수상. 『구세주의 수난─타오르는 녹색나무 제1부 '救い主'が殴られるまで─燃えあがる緑の木 第一部』발표.

1994 (59세) 8월 소설『흔들림─타오르는 녹색나무 제2부 揺れ動く─燃えあがる緑の木 第二部』발표. 9월 소설 집필 중단 선언. 10월 일본에서 가와바타 야스나리川端康成에 이어 두 번째 노벨문학상 수상. 10월 일왕이 주는 문화훈장 거부.

노벨문학상 수상

1995 (60세) 소설『위대한 세월─타오르는 녹색 나무 제3부 大いなる日に─燃えあがる緑の木 第三部』발표. 한국의 고려원에서『오에 겐자부로 전집』(전 15권, 1995~2000) 번역 간행.

1996 (61세) 소설 창작 복귀 선언. 미국 프린스턴대 객원강사로 체류.

1997 (62세) 미국 아카데미 외국인 명예위원으로 선발됨. 5월 일본으로 귀국. 12월 어머니 타계.

1999 (64세) 소설 『공중제비宙返り』 상·하권 발표. 베를린 자유대 객원교수로 초빙.

2000 (65세) 하버드대 명예박사학위 받음. 소설 『체인지링取り替え子』 발표.

2001 (66세) 우익 단체 '새로운 역사 교과서를 만드는 모임'에 반대 성명 발표.

2002 (67세) 프랑스 레지옹 뇌르 코망되르 훈장 수상.

2003 (68세) 에드워드 사이드Edward Said 등이 참여한 왕복 서간 『폭력에 저항하여 쓰다暴力に逆らって書く』 발표.

2004 (69세) 가토 슈이치加藤周一 등 지식인들과 함께 평화헌법(제9조) 개정에 반대하며 '9조 모임' 발족을 알리는 기자회견 개최.

2005 (70세) 소설 『책이여, 안녕さようなら、私の本よ!』 발표. '오에 겐자부로상' 창설 계획 발표. 서울에서 열린 국제문학포럼에 참가하여 판문점 방문. 오에 자택에서 황석영 소설가와 광복 60주년 기념 대담. 프랑스의 국립 동양언어문화연구소INALCO 명예박사학위 받음.

2006 (71세) 고려대에서 「나의 문학과 지난 60년」 강연.

2007 (72세) 오자키 마리코尾崎真理子와의 인터뷰집『오에 겐자부로 작가 자신을 말하다大江健三郎 作家自身を語る』발표.

2009 (74세) 노벨문학상 수상 작가 르클레지오와 대담. 소설『익사水死』발표.

2011 (76세) 도쿄에서 '원전 반대 1000만인 행동' 시위 참여.

만년의 오에(2015)

2012 (77세) 에세이집『정의집定義集』발표.

2013 (78세) 마지막 소설『만년양식집晩年様式集』발표.

2014 (79세) 『오에 겐자부로 자선 단편大江健三郎自選短編』발표.

2015 (80세) 한국의 '연세-김대중 세계미래포럼'에서 강연. 아베 신조安倍晋三 정권의 헌법 개정 추진을 강력히 비판.

2016 (81세) 리쓰메이칸立命館대 '가토 슈이치 문고加藤周一文庫' 개관 기념으로 마지막 강연을 함.

2023 (88세) 타계. 모교인 도쿄대에 '오에 겐자부로 문고' 창설.

2024 (1주기) 21세기문화원에서『오에 컬렉션』(전 5권) 간행.

쓰는 행위

2024년 6월 20일 초판 1쇄 인쇄
2024년 6월 30일 초판 1쇄 발행

지은이 오에 겐자부로
옮긴이 정상민
펴낸이 류현석

펴낸곳 21세기문화원
등 록 2000.3.9 제2000-000018호
주 소 서울 성북구 북악산로1가길 10
전 화 923-8611
팩 스 923-8622
이메일 21_book@naver.com

ISBN 979-11-92533-15-5 04830
ISBN 979-11-92533-07-0 (세트)

값 17,000원